春　天

阿乙
——
著

四川文艺出版社

前言

这些小说写于 2009 年至 2012 年，都有点志异的色彩。小说带给我的磨难与难堪越来越多。因为到今天我还没有征服它，没有扭住它的角，让它双膝着地。但是总是在这注定失败的事业中，我感觉自己是英雄。

目录

阁楼

十年来，朱丹接了母亲无数个无用的电话，唯一拒绝的，是一次可以避免自己死亡的报信。当时她走在回娘家的路上，午时的阳光使楼面清晰闪亮，没有风、燕子和蝉鸣，就像走进一座使人心慌的死城。她的母亲正疯疯癫癫地趿着趿拉板儿，迎面走来。猛然望见时，母亲已转进侧巷。她停住冲到嘴边的呼喊，何苦多此一举。

她碰见的第二人是社员饭店老板，他蹲在桥边剥鸡。饭店有十几年历史，入夜后，他常和老婆将泔水倒进护城河。这是个软弱又容易激动的胖子，看了眼朱丹，朱丹并不看他。但走过去几米，她还是骂："断子绝孙的。"

"什么？"

“断子绝孙。”

“又不是我一个人倒，都倒。”

“有种你就再倒。”

“倒就倒。”

老板端起大红塑料盆将混杂鸡毛的水泼向护城河，后又将烂菜根逐棵扔下去。而她早已走到家门口。十年来每次见面，她都诅咒，他也必有所还击，一直没有报应。按照他说的，自己是有垃圾往河里倒，没有垃圾创造垃圾也要往里倒。

河内早已只剩一条凝滞的细流，河床的泥沼长满草（草上长毛），飘出一股夹杂粪便、泔水、卫生巾、死动物甚至死婴的剧臭。有一任县委书记曾开大会，说这是城市的眼睛、母亲河，修复治理刻不容缓，朱丹当时很激动，但只需进入实地测算，工程便告破产。它牵扯到一点五个亿。

十年前，朱家在河边筑屋是因它占据八个乡镇农民进城的要道。将建成时，母亲与来自福建的建筑工发生争吵，因为通往阁楼的楼梯修得又窄又陡。“有什么用呢？”母亲说，“这部分钱我不可能付，你们觉得划不来，就拆了它。”包工头争辩不过，草草完工，一天后拿着砌刀说：“你要活得过今年我跟你姓。”当时站在面前的是朱丹的父亲，他一脸愕然。

父亲是和善的人，和善使他主动给包工头的儿子取名，也使他无法阻止妻子不义的行为。除夕将近，好像是为了等女儿结过婚，也像是为了兑现自己身为一个男人对福建人的愧疚，他在郊外长河留下鱼篓、钓具和没抽完的香烟，消失于人间。

婚礼燃放鞭炮所留的火药味尚未散尽，新的鞭炮又点起来，客人们再度拥入，收拾、打理、吃饭、喝酒，像成群的企鹅挤来挤去。朱丹仰面朝天，放声大哭，几度要窒息过去，妇女们拿出手帕，不时擦拭她脸上汩汩而下的泪水。当她们散尽，她还在无休止地哭，就像哭是一张保护伞，或者是一件值得反复贪恋的事。

因为父亲过世，已为人妻的朱丹每天中午回娘家吃饭，以陪护母亲。也可以说是母亲让她履行这个义务。她和哥哥朱卫很小便受母亲控制，“休想逃出我的手掌心。”母亲总是说，当然还会补上，“我还不是为你们好。”

这种控制结出两种果实：朱卫醉生梦死，而朱丹胆战心惊。

朱卫知道什么都不做也会受到母亲保护，索性让她全做了。高二他辍学，被揪着去交警大队当临时工，几年后转事业编制。母亲买下婚房，让他和自己一直暗恋的电影院售票员结婚。他只负责长肉，年纪轻轻，便像面包发起来，回家后总是瘫在沙发上，说：“又说我，有什么好说的，要不你别管了。”而朱丹知道做什么都不会让母亲满意，生活中又总是充满这样那样的事情，大到是否入党，小到买青菜白菜，她都感到惶恐。有时不得不做出选择，她便捂着藏着，试图让自己相信母亲没有察觉。

“人总是要结婚的，我留意那小伙子半年了。”一天，母亲说。这是已决定的事，母亲却还是装着与她商量。果然，在她略表迟疑后，母亲大声呵斥："你知道吗，替他说媒拉纤的一大堆，你算个什么东西！"后来母亲带她去城关派出所所长家，那里坐着一位皮肤白净的年轻人，在镇政府上班，父亲是县委政法委副书记。

大人们离开后，他一直低着头搓手。朱丹说："我认得你。"

"怎么认得？"

"就是认得。"

出门后，朱丹听到派出所所长小声问对方："怎么样？"

"我没有什么意见，就看人家怎么想。"

不久他们订婚，试穿婚纱时，朱丹少有地展露出那种女人对自己的喜爱，在镜前来回转圈。"怎么样？"母亲问。她忽然低头流泪。

"不满意？"

"不。"

"那为什么出眼泪？"

"可能是高兴得出了眼泪。"朱丹露出难看的笑。母亲后来侦测几次，确信女儿是满意的。但临办婚宴时风云突变，朱丹呆滞了，这就像一团阴影笼罩在两家人心上。婚后数月，亲家母忍受不下，杀上门来，说："我知道你是强女人，但今天这事不能不说，丹丹有问题。"

"她能有什么问题？"

"不肯行房。"

母亲大声说不可能，心下却全然败了。"说是亲家去了，丹丹难过，我们理解，但也不能难过这么久；说是嫌弃我们家晓鹏，我们也不怕嫌弃。这事我不说出去，但总是这样，我看还是早些了断的好。”亲家母说。母亲想起自家两代女人的悲哀，怕是冷淡也会遗传——在嫁给好人朱庆模后，他们一年统共行房不超过三次，都是又求又告的，最初一次她推来推去，差点将他阳根折断。

朱丹回来时，母亲说：“女人都要做这事情的，这是女人的命。”

“我知道。”

“忍一忍就过去了。”

后来与亲家母说话，母亲知道女儿每次行房后都会呕吐，有一次还呕在床上。亲家母虽然没再说什么，母亲却是羞惭不堪。她又是吓又是劝，与女儿一起研究《新婚必读》，吃肉苁蓉、胎盘，效果并不明显。母亲走投无路，找了个信人求告，却不知这信人听时满脸焦灼，传闲话倒眉飞色舞。不一会儿，一座县城都知道此事。朱丹丈夫陈晓鹏受不住眼光，跟一个农校实习生好上，证据确凿，情节恶劣，朱丹和母亲却不敢闹，倒是那女孩子来到朱家门前叫阵。母亲走下去连抽她三耳光，被推倒在地。母亲便打电话叫派出所所长将女学生带走，关够二十四小时。

事实证明，母亲当初替朱丹选这个丈夫是对的。虽然从无一夜得到欢乐，也总是被教唆离婚，他终究还是像绅士一样护住婚姻。逢年过节，他一手提着很多礼物，一手拉着朱丹，来到朱家。他跟朱家去祭祖，很多事情办着也是向里的。在社会上，他和和气气，人们见多鼻孔朝天的人，见到他这样又有面子又不傲的，总是格外亲热。母亲第一眼看上他时就觉得儿子朱卫不争气，现在看着仍充满慈爱。母亲感恩于他顾大局。

朱丹产子后，母亲松下气来。一个身高一米五七、体重八十斤的人，几乎是刨空身体，为陈家生下一个六斤三两的儿子，怎么也说得过去吧？亲家母要的本来就是香火而不是做爱，现在得到了，家庭便从风雨飘摇进入平衡，甚至比本来就恩爱的家庭还要平衡。她们达成默契，只要陈晓鹏不带女人回家，怎么都好。她们可以围绕新生儿分配好角色和任务：

妈妈、外婆、奶奶；

喂奶，换尿布，带他睡觉。

可是，孩儿一过哺乳期，朱丹又呆滞起来。不但呆滞，还加了惊恐。有时坐着坐着，突然中蛊，捂着胸大口喘气，额头出许多汗。“丹丹你怎么了？”朱丹却是站起，抓过包要走。“你去干什么？”母亲问。

“回家。”

“这不是你家吗？”

她猛然站住。

“你这是怎么了？”

“我快要死了。”她焦躁地说，随即又说，“死不了的，你看，只是突然有点不舒服。”

这症状每隔几日来一次，有时一日来几次。母亲盘问不出来，失了眠，便幻听到楼上有男性脚步声，来回走几趟消失了。母亲自恃身正不怕影子斜，摸索上楼，在楼梯口摁亮开关，却是什么也没看见。角落摆放着她和朱庆模结婚时的家具，还有一张四脚床。

“老朱，老朱。”她叫唤数声没人应。

母亲再不敢睡，开大电视，吵了自己一夜，次日便让保姆陪住。当嘴角长胡子的保姆在客厅打起呼噜，她感到从未有过的踏实。以后她带着朱丹去坟前祭祖，庙里烧香，那声响便再未来过，女儿却仍心慌不止。

曾有一次，女儿像是下定决心，自言自语走进厨房。母亲问：“丹丹来做什么？”她又呆傻回去，拼命摇头。

“你来厨房做什么？”

“我不知道。”

“丹丹别怕，有什么事就跟妈妈说。”母亲口气软和起来，朱丹痛苦地看了她一眼，落下眼神，“别怕，孩子，你说，说什么我都不怪罪你。”朱丹却是回客厅了。母亲关掉煤气灶，走过去，罕见地捉住女儿的手，说：“你不说怎么能治病救人？我们有病治病，有身体病治身体，有心病治心病。我们妇女都有这样那样的病，又不止你一个。”

“没事，你看孩子都生了。”

“是啊，孩子都生了。这就说明你什么问题都没有。”

“都有下一代了。”

“是啊，那就别想了，越想越想不开。”

母亲也就如此了。后来她去找亲家母，亲家母找来陈晓鹏，说：“以后别出去花心了，成何体统。”母亲说：“也别说晓鹏，就是都是夫妻，夫妻应该有夫妻的照应。”

“晓得的。”

后来陈晓鹏至少在样子上还说得过去，接送朱丹下班，夜晚也搂她肩膀睡，可后者并无起色。即使是吃阿普唑仑、百忧解，也不见效。

终有一天，母亲带着朱丹去省城看心理医生。那医生说：“深呼吸。”朱丹做了几分钟深呼吸，果然头晕脑涨，立足不稳。

“是不是感觉就要死了？”

“是。”

“怕不怕死？”

“怕。”

“在死之前，你给我做一件事，背着双手，蹲下去，朝前跳一步。”

朱丹有些错愕，母亲说：“让你做你就做。”朱丹背着双手，蹲下去，像青蛙僵硬地朝前跳了一小步，引得医生哈哈大笑。他说：“你觉得一个快死的人还能跳远吗？你见过吗？”母亲跟着笑起来，朱丹看着母亲也笑起来。“什么事都没有。”医生说。

“是啊，一向都是疑神疑鬼的。麻烦医师再开点药。”母亲说。

“开个屁。我跟你说，你女儿的病就是自己暗示自己。身体一不舒服，比如呼吸急促、胸闷——这是多么正常的事啊——就觉得是死亡的征兆，因此惊恐。惊恐得越厉害，她又觉得，要不是快要死了，怎么会如此惊恐？死个屁，死人能跳远吗？”

后来母亲咂摸几天，看见朱丹便恶毒地说：“死个屁。”女儿便低下头。可这也只好了半个月，朱丹有时走着走着，瞧见没人便弓着身子跳一步，次数多了便成强迫症。

此事久了，便由痛苦而厌烦，由厌烦而麻木，慢慢变成生活永恒的一部分。只是到退休那日，睹万物萧条，母亲才忽然意识到女儿比自己老得还要彻底。以前看女儿，觉得今日与昨日并无区别，这一天却像是多年后重访，诧异于一个三十多岁的女人，头发已像薄雪盖煤堆，灰白一团。

“你怎么不去染下？”

“染了前边是黑的，发根长出还是白的，更难看。”

你还要活很久。母亲想，开始跟踪女儿。女儿总是目不斜视，像鹅，撇着双手沉闷地走。母亲有些不齿。女儿自打第一次骑车摔倒后便不再骑，现在满街妇女都骑电瓶车，只她走路，搬什么都搬不了。女儿早上从夫家走到单位，中午从单位走到娘家，傍晚从单位走回夫家，既不理会人，也不被人理会。没人知道折磨她的人或事是什么。

由她去吧。有一天母亲意识到这样的跟踪早被察觉，便朝回走。她边走边抹泪，后来索性坐在路边水泥台阶上，看红尘滚滚。这些、那些，去的、来的，欢快的、悲伤的，一百年后都不在了。这样痴愣许久，她见着女儿坐出租车一驰而过。她迟疑片刻，像被什么弹了一下，趔趄着下到马路，拦停一辆出租车。女儿若是出门办事，定会有公车接送。打电话至办公室，果然说是回娘家。方向却是反的。

那辆车出了城，驶过六七公里柏油路，转进村道，穿越一大片油菜花地、竹林和池塘，到达一座唤作二房刘的村庄。放眼望去，村舍鳞次栉比，贴着瓷砖，装铝合金窗，各有三四层，独女儿轻车熟路去的这家只有一层，仍是青砖旧瓦。女儿像是融进黑洞那样走入大门。大概也只五六分钟，她又出来，后边跟着一对老人。女老人矮小，笑着，真诚地看着她；男老人骨瘦如柴，只剩一张黄黑的大脸，眉毛、鼻孔、嘴角紧扣着，正将巨大的左手搭在女老人肩上，努力将右腿拖过门槛。

“爸，妈，不用送了，好好休息吧。”

那女老人便回头说：“死老头，小朱跟你说再见呢。”女儿又走上前，捉住男老人瘫痪的右手，唤了一声爸，细声交代几句，他那原本像一块块废铁焊死的脸忽然开放，露出全身心的笑。“要得，要得。”他说。

中午，母亲坐在餐桌边，看见女儿上得楼来，像上演哑剧那样，换鞋，放包，上卫生间，洗手，择菜，淘米，收拾茶几。她既不问母亲为什么不做饭，也不想知道保姆去哪儿了。她说了多少年的谎，骗了我多久啊。母亲心下闪过一丝恐怖，阴着脸坐着一动不动。女儿后来终于流露出惶恐的眼色。

“把碗放下来。”母亲说。

女儿的身躯明显震动。接着她听到母亲说：“给我。”她惶惑地望着，将茶几上的鸡毛掸子递过去。母亲指着她说：“告诉我，这些年你都干了些什么？”

“没干什么。”

“没有？”

“没有。”

“那你怎么管那中风老头叫爸？”

“我没叫。”

母亲举起掸子劈下，被匆促躲开。“跪下。”女儿便扶着桌沿转圈，像是快要哭了。“跪下，死东西，我叫你跪下呢。”女儿不肯从命，母亲便举着掸子四处追打。此时朱卫恰好归来，说：“打什么，你从小到大就知道打，打得还不够吗？还不嫌丢人吗？”母亲便说：“你问她，问问清楚，她外边是不是有一个野老公？”

“没有。”

“还没有。”母亲又打将下去，女儿却是仰头挨了。母亲便不再打，只见女儿委屈地抽动鼻子，哭哭啼啼，取过包要走。母亲捉住，说：“别走，今天说清楚，不说清楚，就是死也要死在这里。”女儿挣脱不开，便恼怒地说：“还不是因为你。”

却是因此，母亲知道自己当年拆散了一对鸳鸯。当时她只当提个醒，却不料真的拆散了。她曾毫无来由地教训女儿：“你喜欢一个人时一定要想清楚。你只有一生，就像只有十块钱，一冲动，就花出去了。你脑子就是容易发热，喜欢听花言巧语。记得，你不慎重对待人生，人生也绝不会慎重对待你。”后来朱丹的表姐妹带着男人来做客，个个穿着文雅，举止得体。“你看看他们，要么家财万贯，要么父母当官，一起来，多有面子。”母亲说。

朱丹寻思母亲看出端倪来了。她背地里和同学谈了三年恋爱，那人退伍后到亲戚的电池厂当销售主任，叫起来刘主任刘主任的，颇是好听，却终究还是农业户口。“不过，无论如何，那都是我自己的选择，是我决定的，我不可能没有任何感情。”朱丹说，“现在想起来，我要是跟他过，苦是苦了点，也会比现在好。现在人不人鬼不鬼的。”

“那你当时怎么不说？”

“我敢说吗？”

“你就是处处寻思和娘作对。你想想，要是我死了，不存在，不干涉你了，你还会要他吗？你愿意和这样的人过一生？”

“那至少也比现在强。”

他们却是因此又知道朱丹还曾经历一个恐怖的夜晚。那时距离她与陈晓鹏结婚只有半个月，母亲出差，父亲陪同前往旅游，而哥哥则在医院照应妻子，偌大新居只剩她一人看守。她像只兔子，一回家便将门锁死，试图让自己相信男友刘国华并不知情。但后者还是在酒局上听到了，“你的女人和别人拍婚纱照了。”

那众人的目光像是巨大的气体，推着刘国华朝险地走。“算了吧。”一个朋友说。

“算什么？”

他取过蒙古刀，走向朱家。据说他们炸开了锅，除开一人思前想后报了警，剩余人都骑摩托车逃回了家。值班民警说：“口头犯罪不算犯罪。”

“难道要等他把人杀了才能算？”

“理论上是这样的。”

身高一米八的刘国华凭着一股戾气走到护城河，像野狼一般嘶喊许久。那四周原本有灯火的便都熄了，朱家的那盏也在犹疑中熄了。此时，刘国华的真气已一而鼓再而衰三而竭，他用手拍打防盗门，啼哭起来：“丹丹，你开门呀，我的心被割得痛死了。”

这一两小时，朱丹脑袋一直嗡嗡作响，只觉得无法解脱，人间所有的不快与折磨都涌上来，就像有无数条鞭子在抽打，就像自己躲在逃无可逃的角落，而猛虎不停用利爪拍打脆弱的栏杆。她想撞墙，想有一把手枪对准太阳穴，射进去子弹。她想要通透，一种光明的通透。“我快要疯了。”她对母亲说，“我没办法。”她打开门。刘国华滚进来，抱住她的脚。他除开哭只会不停地问：“为什么？”

“我妈不同意。我跟她解释了几年，没用，她不同意。”

“那你还爱我吗？”

“不知道。”

“不知道，你不知道啊。”刘国华的眼泪汩汩而下，“分明是你自己不要我了，你嫌弃我了。”

“我没办法。”

随后她又说：“我想过办法的，对不起。”

“你嫌弃我。”

“我没嫌弃。”

“那你怎么还和别人结婚？”

“人总是要结婚的，我年纪大了。你别说，你听我说，我等过你，你总是说你会赚钱，你赚的钱去哪里了，你造的房子在哪里，你难道要让我嫁到二房刘去？”

这是分手的好时机，刘国华连口说：“好，好。”就飘到楼下去了。她未曾想如此轻松，出了一身汗，跟下来。他一出去就关门，这是她期盼的，但她强撑着倚在门边目送他，以示并不绝情。

“不行，我还是爱你。”刘国华从黑暗中走回来，“我根本没办法克制自己不去爱你，离开你我完全活不下去。”后来他像疯子一样一意孤行。他找到一个新的武器，那武器挥舞起来是如此自如，以至让他的软弱得到隐藏，同时也让他所有过分的要求得到尊重。

要么你死，要么我死，要么一起死。

“你知道吗，你让我感到害怕。”她摇头晃脑起来。

“我不管。”

起初他像是在表演，后来便彻底陷进去，“搞死我吧，只有这办法了，你看，我根本克制不了对你的爱情。”她去厨房给他倒水，出来时，看见他极其夸张地回到悲伤状态，便完全克制不住嫌恶。她说：“喝口水吧，别说那些傻话了。”他一饮而尽，以一种动物般无声而可怖的眼神看着她，说：“你到底爱不爱我？”

“你喝多了。”

“你到底爱不爱我？我问你呢。”

“不爱。”她突然进入到罕见的平静中，说，“我告诉你，我不爱你，永远不爱。这辈子不爱，下辈子也不。你就是将我杀了，我也会这么说。”

“你以为我不敢吗？”刘国华抽出刀子说。

“那就来吧。”

她闭上眼。在那分外寂静的等待中，她像烈士，被一种前所未有的自主感包围，她说：“来吧。”刘国华便绝望地嘶吼，他表达够对自己以及对对方的眷恋，猛然一刀刺向自己手掌。

“你干什么？”

“滚开！”

那野兽往下便像个出色的行刑人，先后在自己肚皮、胳膊、膝盖以及额头划起线来，初时只觉那线突然变白了，接着便有一排鲜红的血珠窜头窜脑冒出来。

“你要干什么？”

“滚开！”

在她错愕时，他又喊了一声，“滚开，你这婊子！”她便眼见着他将左手食指置于桌面，像切菜那样切下来。然后他说：“我就是要让自己记得。我将身上弄出这么多疤痕，就是要让自己记得，这样我就永远不会对你心软。我让这些疤痕替我记着，我和你有深仇大恨。从今天起，我们有深仇大恨。我保证，有一天我会回来清算你。我什么时候都可能回来，我可能搞坏你，也可能搞坏你父母、老公，还有孩子，可能搞死也可能搞残，可能搞一个也可能搞全部。搞一个还是搞全部，搞死还是搞残，全凭我的心意。我会等你长成一颗大桃子，再来摘你。我说到做到。到时就是你求我，我也不会原谅你。我以这根指头发誓，我永远不原谅你。”

然后他永远地消失了。

朱丹因此呆滞了。所有人都知道她在婚礼上惊恐不定，她不时张望门口，总是缩在父亲身后，一旦程序走完，便快速走回房间，锁上门。当时大家只当是羞怯。“我怕他来泼硫酸。”她对母亲说，在后者将她纳入怀中时，她号啕大哭，“孩子生下后，我怕他突然蹿出来，将他夺下来摔死。这些年，他就像一块钢板塞在我脑子里，让我不得安生。妈，我就像站在孤庙，雨地里到处是马蹄声，我转着圈儿，不知道危险会从哪里来。我怕！”

“别怕，我会救你的，我这就来救你。他来过么？”

“没。他消失了。我一度想，他当时只是虚张声势，时间会让他的愤怒消失。甚至我以为这威胁本身就是恶作剧，恶作剧就是目的，他依靠这个来惩罚我。这个国家毕竟还有王法。他吓吓我，吓得我过不下日子，他的目的便也达到了。但正当我这样想时，他托人从外地带来一只包裹，那里面有一只塑料袋，袋沿滴着透明的黄油，袋内装着一只发霉的手指。那是他剁下来的食指。他就要回来了。”

尽管不太相信这说法，母亲还是在盛怒中召集本族在街上的人，杀气腾腾地去了二房刘村。“刘国华呢？刘国华在哪里？”他们在这青壮年都出外打工的村庄呼吼，找到那矮小的房屋。男老人照例用左手扒住女老人的肩膀，拖着残废的右腿出来。

“你们算什么东西！”母亲说。那老人嘴角瞬时流出一摊水，说：“说些什么呢？”

“她说，国华害了她女儿。”女老人说，接着又对母亲说，“你们也要讲良心，我们世代都是农民，我也知道你们是城里人，他们俩没好上，我们从来没怪过姑娘。不是一个条件。”

“什么不怪？你儿子说要杀了我女儿。”

“不可能，我儿子那么老实。”

“怎么不可能？”母亲发了疯，嚷起来，只见那男老人眼中滚下一颗球大的泪水，强忍着说：“你们走啊。”

“走什么走？我今天特为来告诉你们，我朱家就没怕过谁。”

“走啊。”

“我只是来告诉你们，我女儿这些年到你们家来，求你们，讨好你们，好让你们儿子回心转意，不要祸害她。她值得吗？你们配吗？你们哪一点配得上她讨好？”

那男老人怒得不行，颤抖着从随身包里抓出玻璃杯，掷过来，却是在距母亲还有一米时掉下。女老人马上大哭：“都死了人啊，都没一个人出来做主啊。”母亲倒不怕什么村人，就怕人家又要中风了，犟上几句嘴，便镇定地钻进车里，一溜烟回了县城。她找到派出所所长，所长二话没说，将刘国华申报为追逃对象。

又过去两年，风平浪静。母亲吃了往日好强的亏，在老年生活中落了单，被一个练功团队召去，每日傍晚大力鼓掌。她又偏偏是无神论出身，因此能在表象上自控，一时使外人不能察觉。只是那疯癫像肥肉，时常勾引着她心甘情愿地走，一不朝前走，便如万蚁钻心。

那朱卫见情况如此，回家便少了。人们只道闺女是小棉袄，见着朱丹每日仍归来。母亲开始无休无止地折磨保姆，比如怀疑投毒。那保姆嘴角长胡子，大字不识的一个村姑，哪里受得了这般侮辱？卷起铺盖要走，被朱丹拉住，加了两百工资。朱丹说："三姑，你好歹在这里服侍八年了，就当她是个小孩，作弄你吧。"那保姆一听，心软了，后来还能开玩笑："老怪，你说我下毒，我要下毒早就下了，轮不到今天。"

母亲说："哼，你先吃，你下毒先把你毒死最好不过了。"

保姆便大碗喝酒，大块吃肉。然后她们在宅子里旷日持久地玩游戏。母亲总是出其不意在角落放上画过奇怪图案的人民币，装作忘记了。保姆总是将它们收集起来，还她，她便蘸口水一张张地点，要是少了，便大叫："我早就知道你是个不诚实的东西，你就这样贪心，连主家这点钱都偷。"保姆便打电筒去找，不久便真找到五块钱。

却说一日，母亲灵感来了，怀疑保姆将农村的亲人接来住，便闲不住，四处搜寻。她从一楼翻至四楼，一无所获，便去了阁楼。通往那里的楼梯又窄又陡，她一手扶着脑袋一手扶着台阶，爬上去。她一打开锁，便见里边灰蒙蒙一片，一只壮硕的乌鸦扑棱棱飞出窗户。

两只用不干胶粘得严严实实，又被包装带捆死的木箱躺在那里，暗红色的油漆尚未剥落。看得出来，它时刻等待被搬走，却像是不幸的孩子被永久遗忘。母亲抹抹盖上的灰，心说："我可是从来没整理过这两箱东西。”

她下楼找保姆，没找着，便提着剪刀上来，撕裂不干胶，剪断包装带，将箱盖揭开。一股陈气几乎将她熏翻。接下来她所见的，让她痴愣。她先想到保姆父亲是宰牛的，接着判断这绝不是动物尸骨。她感到有意思了。这时，在她囫囵的脑海中，有两件事正相向而游，游到一块她就明白了：

尸骨……女儿。

但楼下此时正好传来保姆爽朗的笑声。三姑你还笑，你干的好事，你杀了人，还藏尸在此，坑害我朱家！她跌跌撞撞下楼，手翻笔记本，找儿子朱卫和女儿朱丹的电话号码。朱卫的手机一直没人接。朱丹的手机也一直没人接。第二次拨打时，朱丹已关机。母亲便在一阵强似一阵的恐惧中下楼去，走进光明的中午。她穿过护城河，走进知书巷，就快要撞着女儿了，却是侧身转进侧巷。兹事重大。她抄近路去城关派出所了。而朱丹走完知书巷后，走过护城河，和社员饭店老板交锋几句，便走到家门口。慵懒的保姆提着毛线及时闪现出来，谄笑着说：“丹丹回来啦？”

“我妈今天怎样？”

“还不是老样子。”

“我看她跑出去了。”

“不怕，她会跑回来的，她怕我偷她的东西。”

果然不久，母亲高叫着“别跑别跑”，带一伙警察跑来。这事有诸多蹊跷处——疯子报案从来没人理，即使那老所长是她一世情人。他们从初中好起，没牵过一次手，拥过一次抱，亲过一次嘴，却像世间最亲的兄妹，一向都由他来忍让、迁就她的骄横。这天她啼哭着猛然跪下，所长便老泪纵横：“如果是儿戏，就当是陪你儿戏吧，反正我也早退居二线了。”他带着一名警察和两名实习生走进朱家大宅。上楼梯时，他们看见朱丹正汗如雨下地朝下走，便一起退到转角处，让她先下。

“丹丹你这是怎么了？”他问。

“没事。”

她凄苦地笑着，扶着栏杆软绵绵地走。大约十分钟后，那四名警察在查看现场时茅塞顿开，争先恐后朝下冲，其中一位还拔出枪。他们看见朱丹刚走到桥边。这十分钟啊，她只走了十米，她的脚就像粘着巨大的口香糖，她就像在噩梦里那样无望地逃跑。

“我们发现死者的西服里有刘国华的名片，他是不是你的初恋？”

“是。”

“他死了多少年了？”

“十年。”

据说在朱丹被铐起来时，母亲突然清醒了，她扑在女儿和警察之间，以极其正常的语言号叫：“是我干的，是我干的。”

“是我。”朱丹说。

那老所长几乎像拎一只兔子那样将她拎开了，她便抱紧他裤腿，大叫：“是我杀的，我一刀一刀地杀，一刀一刀地剁，我将他剁得稀巴烂。”

“是我。”朱丹说。

此后母亲便像扎进没有终点的深雾，再没正常过。她曾经去看守所门口守候，但并不知道守候的是自己的女儿，是保姆牵着她去的。当囚车驰过时，朱丹透过铁窗，看见母亲甚至在笑，这笑容冷淡而做作，像是笑一个血缘之外的人。这件事轰动了整个县城，甚至整个地区，每天都有许多人插着裤兜，来朱家门前，仰着头参观，有的人还掏出手机拍照。刘国华的亲属早就在这里贴满“血债血还”的标语，也拉上了横幅。母亲这时就像是他们中的一个，好奇地看着每一个细节，有时还用手抚摸白纸，用脑海里残存的对知识的记忆，念出一些字来。

案件在地区中院审理。出人意料的是，陈晓鹏忽然不顾母亲的指责，动用父亲及自己在政法系统的一切关系，替朱丹运作起来。他请来一位名贯三省的大律师，那律师在法庭上只一段话便使审理进入僵局：

“死者系服食大量安眠药自杀。我的当事人在死者昏睡后，探了他鼻息，才知他已断气。在慌乱中，我的当事人将他拖到床底，藏好。后来出于害怕，将他分尸，试图运走。如按照现在的刑罚，她构成侮辱尸体罪，但在当时，法律并未规定这一罪名。”

“胡扯。”

那本来就已闹过事的刘家亲属，在旁听席上鼓噪起来。法官这时敲打木槌，用一种长辈人的慈悲问：“被告，是不是这种情况？”

朱丹转过脑袋，看见刘国华的母亲正揪着一团白手绢，捂着唇鼻哭泣。哭着哭着，她用右手拇指和食指捉住鼻尖，清脆地擤下鼻涕，然后继续歪头歪脑地哭。在她大腿上有一张缀着白花的死者遗像。在意识到朱丹看她后，她站起来，大声说："可恨这女子，这些年来总是到我家来，不是骗我儿子在广东，就是骗我儿子在福建，说是我儿子一定要赚可以买下一个县的钱才肯回来。你骗了我们多久啊。你这个骗子！"

朱丹说："对不起。"

接着她转过来，对法官说："我现在呼吸平稳，神态放松，医生说得对，当我转身面对恐惧时，恐惧便也如此。"

此后，公诉人要求出示证物。那两箱子白骨便被抬来，其中一只下肢还套着皮鞋，多数骨头被剁裂，裂口像开放着的喇叭花。"可以想见当时用力之猛。"公诉人说。

"这并不意味什么。你并没有证据表明此案系他杀。"律师说。

"我们有被告总共八份供述。"

"我认为我们还是应该重证据而轻口供。"

"被告，你自己怎么看呢？"法官这时又慈悲地说，他的态度引得旁听席上一片震动，一伙由刘家邀来的亲友拍起桌子来，纷纷批评起这世道来。却是这时听到朱丹说："我要说是我杀的，你们就会判定是我杀的；我要说不是我杀的，你们也就很难判定是我杀的。我如今要说，是我杀的——你们可以知道，我家地板上有一块划痕，那是他皮鞋蹭的。你们可以看见他的鞋跟有蹭掉的痕迹。

那是我勒死他时，他的脚在本能地往地上蹭。他喝了我泡过安眠药的茶水，睡过去了，我扯下电话线，缠住他颈部，勒死他了。当时他的脑袋靠着我这边肋骨，这块肋骨现在还痛——人是我杀的。没什么好说的。你们刘家提出要赔偿，我这些年一直在积，积了有七万，算是对你们的补偿。”

她说完后，现场一片安静。那刘母举起遗像，想说却不知道说什么，便摇晃着它。“别让我看到他，恶心。”朱丹说。在处决她前，她写了一封简短的信，说：晓鹏，你一定要相信我是爱你的，我一直就在爱你。我们的儿子属于你。

她在牢里一直跪着，死命地闭着眼，就像枪决在即，但最终她是被注射处死的。

（感谢C先生为我讲述这个故事的雏形。）

杨村的一则咒语

一只虫子贴地飞行，在这个世界莫名失踪，一只鸡跟着失踪。这是故事的起源。鸡的主人钟永连断定邻居吴海英将它偷了。证据有二：一、钟永连一直寻到吴海英菜园，发现爪印消失于此；二、吴海英家飘出炖肉的香味。吴海英是不好惹的女人，喜欢打架，打不过烧人屋。钟永连想自己那阴沉得像杀手的儿子在家就好了，他很久没打电话回来，也不汇钱。

黄昏降临时，瘦弱的钟永连想到两个问题：一、这看似和睦的关系不是她钟永连破坏的，也不是靠她一人就能维护的；二、一只鸡说大不大，说小不小，拖明天处理，就过期了。因此她到村里兜一圈，说："你有看见我家的鸡么？"或者，"说来奇怪，好好一只鸡，偏不见了。”人们问她找了没有，她说：“我只知道它最后朝东边园子去了。”这是丈夫教的策略。他临终时交代，如果非要找个道理，最好先去村里转转，做做群众工作。最后钟永连来到吴海英家门口，连唱三遍：“也不知道是谁偷了我家的鸡。”吴海英问：“二娘，出什么事了？”

“也不知道哪个狗瘪偷了我家的鸡。”话说出口时，钟永连感觉自己正朝可怕的深渊滑去，但在吴海英说鸡自己会回来时，她反而更狠，“死了怎么回，都吃到肚子里怎么回？”钟永连说话时头是偏向一边的，吴海英似乎懂了。“二娘该不会认为是我吧？”

“谁做了谁自己心里清楚。”钟永连下达判决后要走，被吴海英扯住衣袖，她甩掉，“死开。”吴海英便吼开了：“今天你说清楚，我什么时候偷吃了你家的鸡，说清楚再走。”

“我没说你吃了，是你自己说你吃了。”

“我哪里说我吃了？”

“吃了就是吃了，不就是一只鸡，对不了证的。”

杨村此时正下着雨，雨像大排大排省略号斜刮过来。吴海英捉住钟永连衣领，冷静地看那张湿漉漉的脸，狠抽了一记。后者的眼泪和鼻血涌出来，脸也变形，这样便有了双重耻辱。当吴海英要扇第二记时，钟永连又想自己终归死了丈夫，因此悲啼一声，撞向吴海英，后者连退数步，坐倒在地。吴海英匆匆爬起，揪住钟永连的头发（像揪一把稗草），又扯又拧，直到将钟永连拽倒在地。人们赶来时，发现钟永连匍匐于地，一会儿叫丈夫的名字，一会儿叫儿子的名字，那吴海英在一旁搓手，她的丈夫叫她回，她不回，说："是她先诬陷我偷她鸡的。"钟永连便连续拍打泥水，说："还说。"有几个女人去拉，刚拉起，她又扑下，不一会儿手脚抽搐。

"装。"吴海英说。

"你能不能少说两句。"她的丈夫将她往屋里捉，她却仍说："大家今天在这里，她诬赖我偷她的鸡，我要偷了我撞死在她面前。"钟永连坐起来，用手指戳她："好，要是你偷了，今年你的儿子死；要是没偷，今年我的儿子死。"

"要是我偷了，今年我的儿子死。"吴海英说。

"看是谁的儿子死。"然后钟永连又说，"我就不信。"她说得如此果决，以至回到家后多少觉得讨到一丝公平，她顾影自怜地抽泣，睡过去。第二天早上，那只鸡回来了，羽毛湿答答的，腿上扎着红布条，像落魄的隐士孤独地刨土。她将它偷偷抱回家，弄死了。

钟永连以后见吴海英总是愧疚，直到一天醒过来：吴海英没偷鸡，不能说明任何问题。她若真是个贼，仅仅因为没偷这只鸡，就应该是个好人了？她有意识去想那腥的味道，吴海英揪她头发，将她拽到泥水里，让她吃这味道。

在重新遇见吴海英时她抬头挺胸，像对方一样轻蔑。后来兴起，还在篱笆上扎薄膜，防止鸡飞走，并让女婿在每只鸡腿的红布条上写字：偷鸡者死。

她们从此老死不相往来。

进入腊月，整个杨村为吴海英儿子国华从东莞归来而激动。他开着白色别克车，轮胎将冬草和石块碾进土地，没有发出任何声音。国华像国家领导人那样稳重地拉动手刹，嘭地关上车门，按响遥控器，静止的车便像受惊一样啾啾直叫。一个二十二三岁的外地女子站在旁边，含情脉脉地看他。她皮肤细嫩白滑，脸盘小到单手可握住，眼睛散射着外国女郎那样的光，头发短促浓密，染着晚霞一样的红色。她大冬天穿一身扎住腰部的灰色长T恤以及一条黑皮裤，显现出玲珑的曲线和瘦长双腿。她不拒人，总是露着石榴细牙，天真地笑。

“熙熙，进去。”国华召唤着。她迈着羚羊步子，乖乖消失于吴海英家。再没有比她更美的人了。杨村的男女一整天心间空荡，总是刮让人痛苦又心醉的风。而她从此不再出门，直到吴海英催促出来多转转，国华才带着她潦草地走了几家亲戚。吴海英倒是每天红光满面，控制不住地到处走。大家知她想要什么，便赞，她说：“哪里，哪里，女孩子的父母还没同意呢。”要是别人不说“迟早的事”四个字，她便接下去说：“交换了戒指的。”这时，大大咧咧的她根本顾不上嘲讽钟永连，后者却觉得没有比这更大的羞辱。

钟永连去了镇上，掏出纸条让老板拨打。她想命令儿子国峰今年无论如何带一个姑娘回来，哪怕是租。电话一直不通。钟永连说：“你再拨一次呢，是不是拨错了？”老板重新拨，结果更坏，对方关机了。国峰是冷性的人，从来不说在哪里打工，也不打电话。要是担心，他就说：“你一把老骨头，我不担心你你倒担心我，是不是吃撑了？”有年春节他去镇上玩，天黑才赤脚跑回，脸上有伤口，但就是不告诉钟永连发生了什么事。还有一年他没出门，跟舅跑运输，舅病了，他将车开到安徽，抛锚了，打电话回来。舅千里迢迢赶去，发现车门开着，钥匙插在方向盘下，人早已不见。后来国峰还说："你说这样的破车是不是早该扔了？"

钟永连走进派出所。她将围巾围在头顶。一位联防队员接待了她。

"我来报案。"

"你是谁？"

"你不要管我是谁，我来报案。"接着她用手掌遮住嘴，凑到对方耳根说，"国华回来了。"

"哪个国华？"

"赌博跑了的那个国华，回来了。"想想她又说，"还带回来一个女的，我看像是做鸡的。"

"谢谢老婶。"

他们是该谢，这派出所从设立开始便靠罚款运转，去年捉一桌，每人交四百罚款，独国华跑了。影响不好，好多人都说国华不交他凭什么交。

几天后，派出所派来警察、司机、联防队员各一名，突然袭击，像逮一只活蹦乱跳的兔子那样将国华逮出门，那个叫熙熙的女人跟在后头像电视剧里的女人那样说："为什么？为什么？"

"滚开！"蓄着一簇斯大林胡子的联防队员吼道。熙熙便不停拍打他。她的普通话很好听，即使是在说恶狠狠的话时也很好听。

她咬紧腮帮，眼泪迸出来，说："警察就可以随便抓人啦？警察就无法无天啦？"那帮人如果说有迟疑，也是迟疑于美色和她孩童般的认真。不一会儿他们将国华抬走，留下一堆尘烟。

吴海英割完猪草回来，听说了，腿脚打战，昏死过去，熙熙则蹲在一旁哭。钟永连透过窗户看，冷笑几声，心说活该，想想没什么好怕的，在屋里走来走去，大声说活该活该。

半小时后，国华窜回来，在熙熙额头一吻，跑到二楼，藏进谷斗。不一会儿他推起谷斗说："就说我翻山跑了。"黄昏时，小分队果然杀回杨村，他们闯进吴家，粗暴而潦草地搜查一遍，提起吴海英的衣领问："你儿子去哪里了？"

"我不知道。"

"你儿子去哪里了你不知道？"

吴海英偏过头。

"翻山跑了。"那个四川姑娘悲伤而冷静地说。

"跑了？"

"是，跑了。"

联防队员凑过来，将手电光射向她的面庞。她闭上眼，咬着嘴唇，紧绷的脸皮不时颤抖，长长的睫毛留下一道阴影。

"跑了？"

"是，跑了。"她加重语气。然后联防队员说："你的暂住证呢？"

"没有。"

"必须有。"

“没有。”

“那你跟我们回去调查调查。”

“为什么？”

电筒猛然打向她嘴巴，她瘫软在地。他们说“走，走”，拖起就走。一双高帮皮鞋蹭来蹭去，蹭不动时，她的眼神浮出绝望，就像砧板上的鱼望见菜刀。她就是这样向一堆陌生的亲人浮出一枚绝望的眼神。后者全都受不了，一个个跑回家。当她被拖到晒谷场时，他们像骑兵从四面八方拥出，围住小分队，提起笤帚、晒衣杆、木棍甚至烟袋不停打。混乱中只听见警察喊冷静点冷静点，但是谁也没办法冷静。他们最终停下来还是因为从遥远处传出一声喊叫：“住手。”他们闪开道，让那开着别克带着美姬回家却一度躲在谷仓的王子高举菜刀，像个真正的勇士冲过来。他还没站稳，就一刀，毫不迟疑，一刀剁向联防队员的胳膊。所有人闭上眼。事情走向不可逆的恐怖。就连国华自己也不敢相信，举刀顿在那里。只有钟永连在心里鼓励他：“剁呀！剁！快剁！剁死了，你也跟着死。”他又连着往下剁。

没有血。没有话语。这个剁死人的过程极其漫长，以致连受害人也忍受不了。联防队员夺下菜刀，说：“有种别用刀背剁。”国华忽而觉得受了奇耻大辱，生生又抢来一把柴枪，要捅死他们。派出所来的三个人这下全醒了，像牛四散奔逃，好一会儿才知会合，争先恐后地消失在远处的小径。

国华带着受惊的尤物，仓皇离开乡村。

打工的人慢慢归来，在孩子们面前变出会唱歌的纸、黄金手机以及不会燃烧但是也会吸得冒烟的香烟，这些东西修改了杨村。钟永连每次都跟着到村头张望，寄望于高大的儿子出现，始终没等到。她问可曾知国峰在哪里打工，他们都不知道。

她去镇上拨打国峰手机，老板说停机了。他说停机的意思是手机停用了，可能没交费，也可能是因为被抢了，广东抢东西都是骑摩托车将人拖倒在地，拖几十米。

她抵挡不住持续性失眠的折磨，一天坐在椅上睡了。在梦中，国峰变成小孩子，脸色苍白，说话喑哑。她舀出一勺稀粥，掺上药，细心吹拂，“吃啊，孩子，吃一口，吃了就好了。”但国峰总是凄惨地望她，轻轻摇头。这时她就陷入到一种无奈的焦灼中。她端走碗，回来时见床上趴着一只酱油色的巨大怪物——它的胸部嵌着枯瘦的肋骨，脏器急剧起伏，一些肿囊被刺破，暗红的血沿着经脉滴下来，四肢则像剥了皮的兔子。它半蹲着，右手扶住床板，试图站起来，一直曲着的双腿像筛子那样颤抖，盖在身上的棉被滑落下去。它的粘着几根毛发的鹅卵形巨大光头，没有眼睛，没有耳朵，没有鼻子，只剩长着利齿的嘴大口喘气。它喘气时，腮部令人揪心地开合，四周涌出腥气。它晃着晃着，将要倒掉，手猛然一伸，捞住她，她便醒来。她感觉手腕又冷又痛。

她匆匆去姑娘家，找到正在阳光下打牌的女婿。

“国峰这么久不打一个电话回来。我梦见他长了血淋淋的翅膀和尾巴，有些担心。”女婿看着她。

“他姐那么疼他。”女婿想说什么最终没说。

“你去把他找回来，我只有你这么一个女婿。”

“怎么找？”

“你总会有办法的，你快去帮我找。”

“中国这么大怎么找？我连他是在广东还是福建都不知道。”

“你总会找到的，你们年轻人有办法。你就把他找回来跟我过个年，过完年他跟你干什么都可以。我身体不好，就是想看一眼他，看到就踏实点。”

女婿站起来，钟永连忽然跪下捉他裤腿，拖着膝盖，眼泪汪汪地说：“我怕是国峰死了，真的已经死了。你外父死得早，我只有这么一个儿子，这个儿子要是死了我可怎么活啊。”

“乱说什么？”女婿说。看到妻子走过来后他又说，“好吧。”

“你一定要去找。”

“好，我这就去。”

女婿拿着钟永连的五百元，到县城转了一天回来，还回五百。他撒谎，说在火车站碰见邻乡李元戎，得到信，国峰再做几天就回。她不信，他拿手机拨给李元戎，李元戎说：“二娘啊，国峰快回了，现在一天能赚一千，他要赚够才回。”小年过去后，村里在广东打工的国光回来，印证了李元戎的说法，国峰在国光的隔壁厂，国峰这几天正加班，工资翻倍，一天能赚四百。是国峰托他带信回来的，大年三十准回来。

“国峰现在怎样？”

“还是不爱说话，留了长发，气质像诗人。”

钟永连知道国峰赚钱是为着去佘村推牌九。每年正月初一，佘村庙前便摆十张桌子，吸引四面八方的打工仔去，有个叫志刚的人坐庄几年，去赌的人开始几百几千，后来几万上十万，辛辛苦苦打工一年就为着到此输光，然后借钱买火车票再去南方。国峰去年头四天赢，第五天输光。回来时眼睛通红，喝了一碗粥便走了。

大年三十这天上午，钟永连摆出炉子炖鸡、鹅、牛肉和肘子，洗菜，看着火候差不多，将腐竹丢进汤锅。中午，菜都凉了，她仍待在家里，慢慢做着已经做完的事。这时她就像恋爱中矜持的女方，即使有再多的欲求，也只藏在心里，绝不迈出家门一步。她要等他心急火燎地闯进来，叫一声娘，才转过身，将桃花般的笑容打开。

“回了啊，国峰。”

“是啊，回了，娘。”

她只在等待这两句话。但是光阴下陷，村外的路与空气灰暗而凝滞，没有车辆的声音，也无喧哗，只有几个孩子悄悄放鞭炮。然后天黑了，像倒下很多墨汁。钟永连坐在门槛上，眼泪往下掉。

夜晚十一点时，家家户户闭门，钟永连也要掩门，却见远处天空射出一束笔直的弱光。她僵立着，直到它越来越大，分明朝这边射来，才振奋起来。“这车灯像金箍棒，在天空搅来搅去啊。”她想，然后小跑，跑了一会儿觉得慢，索性放开步子像男人那样跑。

这是辆面包车，路过她时停都没停。

她坐在路上开始哭，她痛，全身痛。她的鞋跑掉，石尖割坏脚，还摔了一跤。她的儿子不回来了。但在她感到再没什么能告慰自己时，那辆分明是驶向别地的面包车又折回，朝着村里开去。它恰好停于她家门口，不肯熄火。

她跑回去。

国峰将一只简单的包拎出来，丢在地上，从裤兜翻出两百，给了司机。他还是那么冷漠。钟永连捡起包，说：“师傅要不要在家吃个饭？”那司机没应，将车开走了。

“怎么回得这么晚？”她问。

“坐一天一夜火车，在县城一直租不到车。”儿子有些烦躁。

“饿吗？”

“饿。”

“我去给你热菜。”

“喝粥。”

“大过年喝粥做什么？”

“喝粥。”

国峰的声音小，但还是威严。他又说：“困，做好了叫我。”然后他闭着眼，熟练地走向卧室，轰然倒在床上。钟永连用了很久才将他身下的被子扯出来，盖在他身上。然后她怀着极大的踏实与极大的空虚去熬粥。她洗锅，淘米，倒入大量的水。她知道儿子喜欢喝清汤一样的粥。越清汤寡水越好。她等候着，觉得磨人，就去摇煤气罐，有时觉得熟了，揭开锅盖，一股白汽冒出，用汤勺舀出来，却还是硬的。稀饭做好后，她盛上一碗，忍着滚烫端进卧室，唤了一声。被窝里传出细微的响动，他遥远地唔了一声。

“峰，起来喝粥。”

他没回答。她坐在床边等待。坐火车起码三千里，从县城回少说又六十里。她悄悄掖被子。窗外开始飘落大雪，这时多宁静啊，我的儿子熟睡着。窗外飘着大雪。

过了一阵她又唤：“峰。”

没有回答。

她便像老母牛那样，将脸庞凑去，温柔地唤：“峰，快起来，先吃点，吃过了再睡。”这样唤着她有些瘆，去摸他脸，却是冰块一般冰。探鼻孔，气息已微弱了。她摇他，就像在摇一只晃来晃去的水袋。因此她急，去拉他，手从滑雪衫上滑下，便捋起他的衣袖，捉住他手腕。她用了好大的力，感觉对方意外地轻，却怎么也捉不上来。

忽然她全身僵住，哭泣起来。

她捉的不是人手，而是死狗、死猫、死耗子的手，她的指头沾满滑烂、臭烘烘的脂肪。她的大拇指正死抠着儿子破烂的手腕，直抵白森森的骨头。他的手臂全然紫掉，像茄子那样紫，一划就烂。她推上他的羊毛衫，身上也这样，紫色的血管像是紫色运河，在胸口纵横交错。等到她匆忙爬上去从后边抱起他，他的头颅已像被斩，猛然垂落，在那被迫张开的嘴里，呕出一股化肥才有的气。

医生观察三分钟便走出病室，找到钟永连后愤慨地说：“你儿子身体全部烂了，器官、皮肤、骨头都烂了，活活腐烂死了。”后来她租车将国峰运回，悄悄埋了。

开春后，立志要成为全国大律师的县法律援助中心吴主任来到杨村，找到白发苍苍的她。他解释着含铅量、周工作负荷量、防护措施这些词，发现对方根本不懂，因此打了个比方，就像是日本人侵华时的毒气工厂，这个比那个还毒。钟永连摇着头走开了。

“我这也是为你好，又不要你出一分钱。”

“不啊。”

“难道你儿子就这么白白死了？”

“不啊，不需要。”钟永连很固执。后来她走向邻人家，像大病初愈那样，极其缓慢、小心地让屁股落在石槛。吴海英看见，端凳子出来，“坐着冷，二娘。”

“要说，还是我不该疑你。”

“二娘，到这时了还说这种话。”

吴海英蹲下来，去摸钟永连的手，钟永连让她好好地摸。吴海英没再说话，不停地出眼泪，而钟永连一直像烈士仰着头。这时在村头，在那家还没走的打工仔家里，音响正在放Beyoncé的《Halo》：

Everywhere I'm looking now

I'm surrounded by your embrace

Baby I can see your halo

You know you're my saving grace

You're everything I need and more

It's written all over your face

Baby I can feel your halo

Pray it won't fade away

她们就像两块石头那样听着。

（感谢杨继斌先生为我讲述这个故事的雏形。）

春天

1

“看清楚了。”年轻人长时间盯着，忽然捂住鼓起的嘴躬身跑开。我甚至看见泪水倾斜着滴向地面。看守高耸眉毛，睁大眼看我，早说了不要看，有什么好看的。他拉上裹尸布，这样她便只剩一个轮廓了。

我一直走到殡仪馆外。年轻人蹲在路边，已呕吐干净，不过指头仍按在地上，手臂不停抖。我拍拍他，他转过头来，眼泪像伤口的血不停涌出。我完全理解这种痛苦。“不要难过，你毕竟来看过她。”我说。

他动动嘴角。

我扶起他缓慢地走。他回头望着殡仪馆。“我带你去漱口，”我说，“只是去漱漱口。”我们来到小卖部，我让他扑在柜台边，买了一瓶矿泉水。我说：“走，我们出去漱漱口。”但他好像睡着了。我用力拉，他反应过来，跟着走出来。他漱口的动作十分机械，好像老人在咀嚼什么食物。一辆挂满尘土的桑塔纳驰来，路过我们时猛然转弯，差点刮蹭到我们。

它停在殡仪馆门口。

一个四十来岁的男人从驾驶室钻出来，匆匆走进馆内。他穿着黄色夹克以及肥胖人才穿的松松垮垮的牛仔裤，屁股后挂着一串钥匙。不久，从后座钻出一位矮个妇女。她穿黑色礼服、黑色裤子、黑色平底皮鞋，右臂用别针别着一块黑纱，手里还捏着一块黑纱。她挎着黑色的包，像鸭子追赶着前边的男人。

“我们进去。”到暮色将至，年轻人才说。我感觉有很长一段时间，他并不知道世界发生了什么，不知道一个女孩死掉了，也不知道自己为什么来。但他终于醒悟过来，又哭上了。我扶着他走进馆内。现在温度是这么低，大厅阴凉，看守拖着水泥地面。他对我们说：“我真搞不懂。”

“您辛苦了。”我说。

看守在一块已很干净的地方来回拖了一阵子，示意我们坐到东边那排椅子。这样我便能看见坐在西边的那对男女。不像我们这边——年轻人正靠着我呓语——他们分开坐着，隔两个座位，不停争吵。他们吵得越来越凶，声音嗡嗡地飘浮，弄得大家头昏脑涨。

“吵什么？”看守将拖把重重蹾在地上。男子抬起头，而女人掏出手帕抽泣。有时哭得欢快了，她便停住，用食指和拇指冷静地擤出鼻涕。看守躬下身继续拖地。我觉得是过度的无聊摧垮了他，使他将地板当成反复擦拭的艺术品。

我看见男子里头穿着暗红色 T 恤，手戴金戒指。他一会儿揉搓头发，一会儿抓痒。他将放在空椅上的黑纱别到胳膊上，转过头对女人说：“我戴着了，我知道这不光是你的女儿，也是我的女儿。”然后他看表，问：“还要多久？”看守继续拖地。“你就这么急？”女人说。男人盯着她，眼露凶光，要不是是在这里，我早揍死你了。不过在一阵沉默过去后，男人眼眶却红了，鼻下也挂出鼻涕。

“我只有你这一个女儿啊。”他抽抽搭搭地哭起来，从口袋摸出烟盒，将烟抖出来叼到嘴上。他又摸出火机点燃它。他一边咳一边抽烟。眼泪都滴在烟卷上了。

“请熄掉你的烟。”看守说。

“熄在哪里？”男人望望地面、座椅以及摆放着各式骨灰瓮的橱柜。看守继续拖地，看起来要收尾了。男人歪斜着脑袋，阴沉沉地看他，非常用力地吸了一口。“我跟你说了，公共场所不许抽烟。”就是我怀里的年轻人也被这声咆哮吓坏了。看守气势汹汹地走过去。

“不许就不许，你说话就不能客气点？”

“你不懂公共场所不许抽烟的吗？”

“你客气点说不行吗？我得罪你了吗？”

“你没得罪。”

看守走到他面前，继续说：“你没得罪，要抽的话，请出去抽行吗？”男人揉搓着眼窝，另一只手仍然夹着烟卷，烟灰积得老长，不久掉落在地。看守的眼光跟着落向地面。“我就是抽了，你怎么样？”男人说。

“怎么样？”

就是看守自己大概也没想到，他抽了男人一耳光。这下子热闹了，男人挺身而起，将骨瘦如柴的看守拎起来，“你知不知道，这里烧的是我唯一的女儿，我只有这么一个女儿，她被烧了，你知不知道？”他猛击着看守脸部，“你知不知道？”

看守大喊大叫。男人望了一圈四周，将他丢下来，踢了一脚，“去你妈的！”然后男人取下钥匙串，大步走向门外。我先是听见桑塔纳啾啾地叫起来，接着听见车门被嘭地关上、发动机启动，后来车辆转弯时轮胎与地面发出急剧摩擦的声音。他逃了。

女人坐着发抖。看守爬起来时，她说：“我跟他没关系，他早就不是我的丈夫。”看守盯着她，她便朝后退缩。随后，一个穿白色阻燃工服的工人提着铲子赶来。她再次重复了那句话。那铲子冒着烟，可以想象，它刚取出时一定被烧得通红，现在灰扑扑的。我记得铲子上曾滴下一滴黏稠物，就像塑料被燃烧时会滴下的那样。接着女人又说了一句话，就是这句话惊醒年轻人。他笔直站起来，反复捏紧拳头，朝大厅后头的火化间走去。在我赶到前，他直通通跪在地上，双手展开，胡言乱语起来。我想他是在哀求，不要将一个已经死去的女孩再弄得尸骨无存，尽管这无法避免，我还是盼望着不要就这样一下子将她烧个干净。

他脸上像是有人在一盆盆地泼水。我他妈的也要哭了。那个女人——也就是死者的妈妈说："春天，是你爹让你这样的啊。"

她一直在咕哝："每一次都是我来揩屁股。没有一次不是。你为这个女儿负过什么责？你负责都负到哪里去了？你算准了我，你知道我心软，知道把春天丢在马路边一个人走掉，我就一定会去把她抱回来。你真狠心啊。但是春天又不是我一个人生的。你做爹的难道半点责任也不该负？为什么每次都是我来给你揩屁股？我难道天生是你的用人？"

在看守和工人跑向领导办公室后，这个穿着黑色礼服黑色裤子黑色皮鞋别着黑纱像一只黑鸭子的妈妈，步履蹒跚但内心坚定地走出去，追随她前夫的脚步。她边走边说："说什么我也不回来。我受够了，早就受够了。我决定了，你不回来我也不回来，你以为我回来，我就不回来，我看是谁回来，看是谁更狠心。你随她怎么样，我也随她怎么样，我看是谁回来。"

2

他掏出一张不足三十字的介绍信。看格式原是开给看守所的，改写成殡仪馆了。在填写探视理由处，警官画了个斜杠。这里最好能写上具体内容，比如"协助调查采访"，他面露难色。"这就够了，”警官说，“我们这里还没开过这样的介绍信。”

他用了两天来解决此事。打电话给自己报社的记者，让他们帮忙联系这座城市的政法口记者，再由后者联系这边公安局熟人。一环比一环疏远。他得到这边记者的承诺，说马上，却是从上午等到下午。最终他闯进报社，喊叫着记者的名字。

“没看到我正在忙吗？”对方说。

“我只是着急去看下，兄弟。”他越说越缓和，“她是我女朋友，是我女人。”

“你看分局那边也快下班了。”

在等待时，他想：实在不行，就将汽油倒在停车场角落的废弃灵车上，反正仅有的一只轮胎也瘪了。车内锈迹斑斑，塞满湿润的木条。将这些木条点燃，让它们冒出浓烟，然后在他们赶出来时，潜入殡仪馆。这办法并不明智。还不如手持木棍，将他们逐一打翻。

当他第一次走进殡仪馆时，看守拦住他，“你怎么搞的？”他看见自己的鞋在刚拖过的地面留下印迹。“你要干吗？”看守说。

“我来看我的女人，她死了。”

“运来多少天了？”

“应该有七八天。”

“带户口本了吗？”

“没。”

“结婚证呢？”

“我们没结婚。”

"那你有什么证据证明你是她男人？"

"我就是她男人。"

"那我也是。"

看守接着说："你总得有个证明。"

"我骗你干吗？到现在我还没看她一眼呢。"

"每个人都这么说，都说自己是死者的亲朋好友。但你不觉得殡仪馆也是个单位吗？你们想来就来，想走就走，难道就不应该对它讲点规矩吗？"

"你看这里一个人也没有。"

"这是规矩。"

"您行行好。"

"我为什么要行好？我在这里上班，干的就是这事。我得保证死人不受打扰。"

"她真的是我女人。"

"没有人不是这样说的。"

你知不知道，我在这世上爱着的只有她，我见不到她，就活不下去。我活不下去，你也别想。他从钱包先后掏出两张钱，哀望着看守，可看守将手插进裤兜头也不回地走掉了。后来看守又提着拖把回来，在年轻人脚下拖来拖去。

"我没工夫和你玩什么柔情。"看守说。

"我是记者。"他想了很久，说，"我有权对她的死因进行调查。"

"刚才你不是说你是她男人吗？"

“我是记者，同时也是她男人。”

“那你的记者证呢？”

“没带。”

“走开。”

他掏出这张不足三十字的介绍信，递给我看，“我也不知道这个行不行。我是顺道来向您告别的，您是好人。”

“你要先休息下，你可以到我家休息。”

“来不及了。”

“那我陪你去，我反正也没什么事儿。”

我得感谢您，但这事最好还是我一人去干。我应该怎样向您表达我的拒绝呢？我得感谢您，您是好人。他显得为难。“我终归也是要去送她一程的。”我说，然后搂住他肩膀，走向车库。我载着他朝西郊行驶。下午的阳光射向车窗，他迷糊起来。他睡得很少，即使有时间睡，脑子里也应该交织着种种噩梦。不久他果然醒来，问：“到哪儿了？”

“还早。”

“我一定睡了很久。”

然后他眼神空洞地望着前方。最终，一根冒着烟的大烟囱进入视野。“就是那儿。”他说。我们便开到烟囱下的殡仪馆。它的门前有着龟裂的水泥停车场以及一座狭小的花坛，摆着两排塑料花盆，里头都是塑料菊花。

看守穿着仪仗队式样的制服，一身洁白，包括皮鞋和手套，只有肩章和袖口的缀条是红的。他弹着裤缝，看着我们走来。年轻人拿出中华烟，很久才知道怎么拆开封条。他将过滤嘴都捉皱了，说：“师傅抽根烟。”看守将手抬到唇前，摆了一下，“不抽。”他确实很该死。

“您看看。”

看守接过介绍信，背过身，就着阳光研究。这时，年轻人攥紧右拳，将它提到胸前，准备给看守的后脑勺一击。我扯他的衣角，却是让他更加愤怒。他等待着，直到看守招招手，说：“你们也知道，我也是按规章办事，规章规定我怎么办，我就怎么办。”

我说是啊是啊。

我们跟着往里走。进门前，看守说：“擦干净。”我们便在一块红色门垫上来回擦鞋底。年轻人一直沉浸在自我赋予的勇气中，可一进到这巨大而安静的大厅，人便发软，苍白的脸上渗出许多汗珠来。

看守领着我们穿过大厅来到领导办公室。一位戴眼镜的男子正在看报，介绍信递过去后，他看也没看便签了字。然后我们回到大厅，从西北侧小门走出去。路的尽头是火化间，据说那里的化尸炉泛着银光，像面包烤箱排列整齐。停尸房在通往火化间的路途中间，左边连着冷库。“制冷坏了，修了几次没修好。因此无论如何，今天也要把她化掉。唉，到时候可能还要切开尸体，否则会爆掉。”看守说。

年轻人停在那儿走不动了。

“你非要看？”看守说。

年轻人喘着气，深呼吸好几次，才继续走动。看守推开装着毛玻璃的门，一股浓烈的福尔马林气味冲过来。房内摆着十来个铁床，有几个盖着裹尸布，显现出尸身的轮廓。墙角则起了一圈半尺高的青苔。有尸体的地方，植被茂盛，我想到这个。看守径直走向其中一具，像魔术师一样拎起白布一角，说：“你们真的要看吗？”

年轻人极为认真地点头。

看守缓缓揭开裹尸布。哦，现在想起来还是恶心坏了。春天躺着，肿胀了一倍，肚皮却瘪了，从上衣缝隙露出解剖后粗枝大叶的缝针痕迹；那皮肤一部分呈褐色，一部分发黑，像是豆腐起了霉斑；只有脸部还稍微保留着一些往昔的影子，但是大耳阔腮，眼球暴突，嘴唇肿胀外翻，露出岩尖般的牙齿。我的脸皱成一团，眼睛痛苦闭上，我已经为这具尸身严重吐过一次。年轻人一直硬站着。看守问他：

“看见了吗？”

“看见了。”

“看清楚了？”

“看清楚了。”

3

我走进小区里我的家。电梯在四层开启，一个年轻人蹲在对面墙角。他迎着我的眼光，想说话，却自我劝止了。我走过去，打开自家房门，听到细微响动，是他站直了。我转过头来看。他的嘴唇再度开启，再度抿了下去，像好不容易支起的帐篷一下扑倒在地。

“有什么事？”我说。

“请问是陈先生么？”

“我身体不舒服，不接受你们的采访。”我关上门。一会儿，门上响起敲门声，我拉开门吼道：“够了，朋友，我说够了。”

“我是春天以前的男朋友。”他说。

“什么？”

“我是春天以前的男人。”

“你有什么事？”

“我想看她有什么遗物留在这里没有。”

他不争气地出了很多眼泪。我则在等待一种叫恍然大悟的东西，就是这个人，就是他啊。他说：“说起来都因为我。”可我觉得不是这回事，他应该具有让女人崇拜的危险面容以及冷漠残忍的脾性，可他无论是面相还是举止都显得过于老实。只有额头一块不大的疤痕似乎证明他还有过暴力经验，而我宁愿相信他是挨揍的。

“进来吧。”我说。

他匆促致谢，躬下身去解鞋带，被我制止。我去那间小卧室取了遗物，发现他还留在门口。“我是在报上看到消息赶来的，没想到她死了。”他说。

“炒作一阵子了，本来是自杀，非说他杀。”

“我知道。”

“春天也不是什么小姐。”

“嗯，说起来是我害了她。”

“别这样。”

我想我终归还是与人为善的，便缓和口气，“我一直没给外人看过，你坐。”他鞠躬着接过去。在那本《茶花女》的扉页上，有一行字：

玛格丽特对春天惭愧

他一见到此，便像罪犯在铁证面前表现的那样，猛然栽下头。这是当日他的笔迹，稚嫩、自信而草率，在爱情的冲动里迷信对方是唯一。现在他穿过时间之河，有大量的后果可以用来校验当初的赞唱与誓言。而他即将打开的日记本，每一页都被圆珠笔画了大叉，有的已划破，我们仿佛还能看见春天当初歇斯底里的举动。我走到厨房倒水，年轻人则在不停翻日记本，最终他抱紧自己的头，抽泣起来。我看见他的背部微微颤抖，接着肩膀、胳膊和衣服也明显耸动起来，仿佛整个身躯都参与了这场哭泣。

春天这样写：

我找不到谁说话。我想了所有人，没一个合适。也许不是合适，而是没人愿意来听。我快要死了。我都要死了，他们还在问：“你怎样了？要不要喝点热水？”你也不在。即使你在你也会狠心走开。我不可能再相信你。我病得快死了。我会死在没人的野外，总是下雨，下了很多天，我的尸体都湿透了，你们也不会来。我不在你们的名单里。我活该这样。你们没一个会同情我。没有没有没有没有，你们没有一个人在乎我。我算什么东西。

除开这些，整本日记留下的便全是一个被迫害妄想症患者的胡言乱语了。我早撕掉那页说我的，她写我如何处心积虑地勾引她——路过时蹭她，用手指勾她下巴，将手掌捞向她阴部，等等。她构陷了所有人。

“没这回事。”我说。

我知道，小莉皱紧眉头，不停晃荡着脑袋，你最好把它们全撕了。

我端着水走回客厅。年轻人抬起头，睫毛湿答答的，“我得走了，实在打扰您很久了。”

“没事。”

“我能带走么？”

我点点头，将为他准备的茶水放在茶几上，由着他走出去。“你有什么事需要帮忙，可以来找我。”我说。

“嗯。”他匆匆回答道。

我关上门，走到窗边，一直等到他在地面出现。他走错了方向，很久才知道回来。他仰面朝天，吊垂双手，放肆地哭泣着。有几个路人停下来看，他差点撞上一个。我想这时就是有人对他脸上吐痰，他也不会管；就是照着他胸口插一刀，他也会朝前走。他要哭很久很久，为着罪孽。

此后又只剩我一人。在长长时光里，我将酒放在腿间，坐在沙发上发呆。上午走了，下午来了，灰暗的东西从天空压下来，天黑了。然后，从那狭小卧室传出若有若无的呻吟。也许只是感冒，但春天像经验丰富的老太婆，在四周沉默时她沉默，一听到脚步声，便赶紧呻吟起来。我们走到门口时，那呻吟便极为大声。

“你怎么了？”我们走进去问。

“我快要死了，你看，都没什么血色。”她悲啼着，眼泪朝外滚。奸诈，小莉看着我。我点点头，说：“喝点热水吧，我这就去倒。”后来我们路过时不再停留，她的哼叫便徒劳。现在她都死了，我还听到她在房间像织布一样织着自己的呻吟。

“够了！”我醉意醺醺，踹开房门。那里只有一张暗红色的小席梦思。我找到扫帚，在每个角落扫荡，我吼道：“够了够了，别他妈再哼叫了！”她便停止哼叫，却又在我低头时，悬浮于某个角落。我仓促望去，她便像一口气吹飞的碎片，无声地散了。

我打电话给小莉，说：“我从没像现在这样想你。”可她仍沉浸于自己的悲哀，“将房子卖了吧，我实在是住不下去了。”

“卖，过完元旦就卖。”

“能早点就早点。我实在没这么倒霉过。”

“那你还回来么？”

“不回了。”

我整夜开着灯和电视，比任何时候都盼望早晨到来。在白天，我穿过一条条街，嘴里模拟着，嗯俺，嗯俺，嗯俺。可总有一股万有引力，将我扯回来，即使背对着家门，我也会倒退着回来。嗯俺，嗯俺，嗯俺，我模拟着，像头驴被迫回来。

“这不就来了吗？”

保安将手越过年轻人的肩膀，指着我说。年轻人转过身，眼睛像棍子打在我身上。几天工夫，他头发凌乱，脸色灰白，嘴唇也不见半点血色，连着眉毛也灰了。他就像常年吸毒，或者连续熬夜打牌，在生理上极为疲倦，却在精神上极为亢奋。

“我是特为来向您告别的。”他向我鞠躬。

“事情处理好了？”

“还没，我这就是要去看春天。”

“你还没看到？”

他捏紧拳头，骂起殡仪馆看守来。说起这老实人的愤怒，嗯唵，因为并不践行，便在嘴皮上极尽凶狠。他一边在包里翻介绍信，一边破口大骂。

4

警察没有回答，将我召入会议室。有人拉上窗帘，摄像师扛着机器，摄像机尾端插着一根线，连着话筒。电视台记者举着话筒，背诵开场白：是自杀还是他杀。殒命。这究竟是。欢迎收看。谜局。

“我可以走了么？”我再次问。

“你等等，他们也许会问你一些问题。”警察的眼睛盯着摄像机。

船夫双手扶膝，目不斜视，坐在角落。我听到“先录先录”的声音，灯光师举起白炽灯对准船夫，后者的脸瞬间僵硬。电视台记者走来抓起船夫的手，有力地摇着。“别紧张。”他说，然后抽出那只手。船夫不知是要将手指合拢，还是继续分开着，便让它悬在半空。直到采访结束，船夫才收回手，去抓了抓衣服。

然后电视台记者开始抖电线。就要到我了，我喘着气，没有比这种等待更熬人的了，我还没经历过这种事儿呢。当电视台记者提着已经顺溜的线，在跟随的白炽灯照耀下走来时，我站起来，他就像将军一样散发着威严，盔甲哐当作响。

“不用站着。”他笑着说。我因此坐下来，我的脸得有多红啊。

“准备好了么？”

“好。”

“我们都知道死者生前曾在你家住过一段时间。”

“是。”

“她是你什么人？”

“我妻子过去的同学。”

“她为什么住在你家里？”

“她是我妻子的同学。感情好。她穷。租不起房子。也许。”

“你觉得她是个什么样的人？”

“待人和气，挺懂礼貌的。”

“具体说是？”

“就是特老实。”

“比如？”

“她对每个人都和和气气。”

他对我轻眨眼皮。我说："唉，没想到她这么快走了。"他便对着镜头发表议论，然后转过来说："谢谢。"他握住我的手冰凉，而我的汗倾巢而出。

"我可以走了么？"我走过去问那位警察。

"等等吧，谁知道还有什么事。"

不一会儿，法医推开门。他将蓝色文件夹抛到桌面，然后戴上白色手套。后边闹哄哄跟着一伙报社记者，为首的是那个穿着红色鸡心领毛线的矮子，他皮笑肉不笑地和熟人点头，然后带着一股畜生般近乎蛮横的自负，坐到法医对面。

"现在要拍吗？"法医对着摄像师喊。

"可以吗？"

"可以，有什么不可以的？"

法医振振衣，坐好，从文件夹抽出一张照片，说："你们看，鼻子下有白色蕈状泡沫，说明是溺死的。这是冷水进入呼吸道，刺激气管黏膜形成的结果。"接着他又抽出一张，显示春天手里抓着泥草，"这也是溺死的重要特征。我们至少可以排除她是被杀死后再抛入水中的。她是直接溺死的。"

矮胖的记者举起手来。

"什么事？"电视台记者问他。

"我可以问问题么？我怕耽误你们拍摄。"

"没事，人家会剪辑。"法医说。

"那我说了。这两张照片并不能排除是他杀。溺死不一定代表自杀，别人也可以将她推下水，置她于死地。”

“这种情况很少见。”

“我在电影里看过，金三角的毒枭经常将人推到河塘里淹死。”

“那是电影。”

“电影来源于生活。”

“我问你，假如你是凶手，你会将一个成年人推到河里么？”

“有什么不可以？什么痕迹都不会留下。”

“你考虑过他的游泳水平么？考虑过他的求生本能么？考虑过水深水浅以及水的流向么？这些都考虑过么？他要是没死，你怎么办？”

“我会事先采取措施。”

“什么措施？”

“捆好他的四肢，或者绑缚重物。”

“那在这起案件里你看到过绳索或者重物么？”

“当然，”记者解下相机，调出照片，“你看，她的双手被绑住了。”法医摆摆手。记者接着说：“很简单，要是我自杀，怎么能将自己双手绑起来呢？”

“这在自杀中并不罕见，你没见过而已。”法医做起手势，“你既可以通过别人帮忙，也可以自己先做好绳套，用牙齿拉紧系带。”说完他慈悲地看着记者，就好像不是他在疲于招架，而是对方就要踏出最后一步，掉进自己安排好的陷阱里。记者果然说：“你也不能排除有人将她双手绑住然后将她推到河里的可能性。”法医鼓起掌来，警察将船夫带过来。

“你问他吧。”法医说。

“是哩，是我捆住她两只手。”船夫说。

“什么？”

“是我去捆住她的。”

“你为什么要捆她？”

“我们都这么干。”

“你们将尸体的手绑住？”

“是哩，这样我们就能把尸体拖到岸上来。”

“你不可以将尸体弄到船上吗？”

“不吉利。”

船夫又补充道：“我捆的时候她已经死了，鼻子下冒着泡泡哩。”记者吸了一大口气，胸口跟着鼓起来，我真想踹死你这老东西。法医微笑着走过来，摸出烟，不停在烟盒上敲打这根烟，说：“写新闻不是写小说，你说是吧，小何？”记者面红耳赤地收起采访本，说：“我不也是为了工作吗。”

摄像师重新打起手势。法医抓紧吸两口，摁灭香烟，重新坐回去。“我不知道你们知不知道河流的宽度。”他比画着，“只有这么宽，四到五米。你游几下，这么说吧，挣扎几下，就到对岸了。”

“嗯。”电视台记者说。

“想弄死一个人还是很难的。”

“那这同时是不是也意味着自杀的难度增大？会让既遂率

不高？”

“不，对自杀心切的人来说并不如此。给他一口水，他就能将自己溺毙。对人生感觉太累的人，可以将脸伸进马桶淹死自己。还有的人，仅利用山间一场大雨，醉卧于小道，也能让肺部进水。所有证据都在表明这起案件的当事人在想办法寻死。她先喝了农药。”

法医抽出尸检报告：

“我们从她体内提取到有机磷制剂。农药是她自主喝下去的。这是她原本想采用的自杀方式。如果是别人将她弄死后再灌入，那么因为代谢停止，我们便不可能在肝脏等处提取到农药。”琥珀色的酒瓶没有瓶盖，放在椅上，酒里掺了敌敌畏，散发出臭味。河水隐藏着布片、剩饭剩菜、用过的卫生巾、黑色的泥浆以及正在自溶的死猫死狗，也非常臭。河水裹挟着它们极为缓慢地流淌，也将它们沉淀。春天已喝了四瓶，第五瓶里掺了农药。她坐在路边椅子上，仰望着沉闷的夜空，程序性地抓起第五瓶。她只喝了一小口便弯下身子呕吐。但她还是再喝了两大口，确定喝进去一些。

“她喝得不多，不足以致死，但身体反应强烈。”她抱着头，踉踉跄跄地走。右腿朝右边晃，在右腿成为支撑腿后，左腿朝左边晃。她往前晃了几步，便连续后退。她半转过身子，继续晃荡着。头是晃动的根源，让她的身体转着圈儿。她恶心呕吐，汗如雨注，同时还在来回转着圈儿。不一会儿，她感觉进入一个雾的世界。路灯、座椅和树枝变成大大小小稍浓的轮廓。她紧抓着头，大口喘气。

“她的身体已被损害一部分，但尚未损害彻底。求生不能，求死不得，比死还难受。”她来到生与死的中途，人间就在井口，闪现着讽刺的弱光。她没有力气再爬升一步。而井底那永远黑暗的处所，像母亲一样挥舞着煽动性的手帕。跳吧，跳下来。她反复权衡着：就一下子，什么都结束了，不会再有肉身的疼痛和精神的磨难了。还有，再不决定就来不及了，就会像重伤的野猪在泥浆里永恒地、可怖地抽搐。

“因此，她跳入几步之遥的河里。她不再顾及河水臭气熏天。这在自杀案例中很常见，很多事主最终都背离了最初的自杀方式。”春天开始走。她走了很久很久，像身处于噩梦，怎么也走不动。她焦躁，恐惧，愤怒。最终她辨清河流的细响。她走上防洪墙，哀鸣着，猝然栽向河里。她飞落时，所有世事像高速奔跑的数字在她眼前清晰闪现。被遮蔽的事都有了眉目，哦，就要恍然大悟大彻大悟了。然后她被河水及时吞吸。河水像无处不在的冰刀，刺进她身体，在她的思维里划来划去。

“还有这里，”法医展示出又一张照片，显示春天的手掌充满瘀痕，皮都破了，右手食指和中指甚至露出骨头，“她在尝试往岸上爬，在抓，不过最终能抓牢的只有水中的水草了。”春天够到防洪墙的护沿，双手不停颤抖。她再也使不出力了，就是支撑着不让身体掉下去也办不到。身体正像一头野牛，将她朝反方向无情拉拽。她终于像一枚孤独的炮弹，再度掉进河里。有段时间，她从水里伸出一只手或半个脑袋，但后来我们能看见的便只是微微隆起的水面。

她的面孔开始在广袤而沉闷的夜空浮现，这张灵魂的脸独自待在虚空，看着自己越沉越深，一直像秤砣那样依附于水底，被水底吸住。后来，它也消失了。

“是不是可以说，她还是有着强烈的求生欲望？”电视台记者说。

“你可以理解这个想死的人已经死了，而她的躯体还在做本能反应。”

法医点上烟。摄像师扛着机器走了。屏声静气的众人开始说话。矮胖记者走过来，说：“你没办法证明农药不是别人骗她喝的。她喝醉了。”

“你有证据么？”

“没有。”

“没有证据你说什么？”

“反正我没办法完全排除他杀的可能性。”

记者走回去时，拉拉船夫腰间的尼龙绳。“不关我事。”船夫晃荡着脑袋。

“你不错嘛。”

“不关我事。”

“你为什么不绑她一只手，绑一只手不是也能拖上岸吗？”

“这个要看情况哩。”

“绑一只手不是更省事吗？”

“我不知道，我要回去哩。”

记者嫌恶地丢掉绳子。这时，警察说："你们不是要问吗？这里有个死者以前的房东。"那伙记者便转过来，齐刷刷地看我，就像我身上别着什么明显的凶器。

"我还有事。"我说。

"就一会儿工夫。"他们中的一个说。倒是那矮子说："有什么好问的？"他一个人先走了。

"我们就耽误你一会儿，"剩下的一直跟在我后边，"她是你什么人？"

"我妻子过去的同学。"

"她为什么住在你家里？"

"她是我妻子的同学，和我妻子感情很好。当时她租不起房子。"

"你知道她做鸡吗？"

"不知道。"

"真不知道假不知道？"

"真不知道。"

"当时有没有男人上门来找过？"

"没有。"

"那有没有人打电话给她？"

"不清楚。"

"她在你那里住了多久？"

"三个月。"

"三个月，你怎么可能不知道？"

“真不知道。”

“你连她是做鸡的都不知道？”

“当时她可能没做。”

“那你知不知道她偷东西？”

“不知道。我得走了。”

“就这个问题，她有没有偷过你的东西，或者别人的东西？”

“不知道。”

“那你有没有收她房租？”

“没有。”

我继续走，他们像飞机抛出的降落伞，离我越来越远。他们说：“不收房租，可能是用睡觉抵了。”我立刻停住，指着他们，“说什么呢？”

他们摊开双手，阴阳怪气地看着我。

“我告诉你们，你们左一口鸡右一口鸡，你们呢？你们不是吗？”有时发怒会让人说话流畅很多，“你们有没有想过她也是一个人，也有属于人的尊严？她都死了，你们还纠缠那些事干吗？”

“她做鸡是不可争辩的事实，我们用事实说话。”

“去你妈的用事实说话，你们只是挑有利于你们的事实而已。你们的报道有一句同情她关心她的话么？你们关心的只是读者的肮脏心理。你们为着讨好读者，不惜出卖一个可怜的女人。这就是你们自诩的新闻正义？你们跟那些恐怖分子有什么区别，你们不就是报纸的败类新闻的亡命之徒吗？你们从前到后，有从人的角度去理解一个当事人么？”

“你理解过。你说。”

“滚。”

我走向车辆。可仍旧气不能平，我转身继续咆哮：“什么事到你们这儿，都被刻画成色情。色情、色情、色情，你们脑子除开这个就没别的了。一旦不是色情，你们就疯狂做伪证。你们有笔能写，信口雌黄没人管。你们不怕报应？”

他们一起笑起来，你看他，说得头头是道的。我钻进车，感觉爽多了，觉得只要一提方向盘，车子便能跑向天空。可不一会儿，脑袋便鸣响起来。我去了电玩城，到处是嗒嗒的枪击声，我玩不好，便去洗浴中心。水柱砸向地面，也是嗒嗒的声响。我还得去迪厅，迪厅真好啊，就像有什么东西主导着我们，嘭呲，嘭呲，嘭呲嘭，让我的一只手不由自主弯出来，在脑袋和肩膀跟着弯过去后，它又主导你朝另一个方向弯去。没人告诉你这样，是你自己知道就要这样。这样我就无暇顾及那让人发疯的嗯唵声了。

我直到次日才回到小区。阳光明媚，而我因为疲惫而恶心。我将车停到门口，甩上车门，看见那伙记者守在一辆车内。来了，来了，他们怂恿着穿鸡心领毛衣的矮胖记者。后者摇开车窗，说：“不要以为我们的办事能力差。”

“× 你妈。”

我走向小超市。我听到车门被关上，感觉他像豺狗一样盯着我的背部。他一定一只手插在裤兜，另一只手晃荡着，他用眼神跟同伴说，看我的，然后继续吊儿郎当地走过来。最终他拍住我肩膀，说：“听说你和她关系不明不白。”

“谁？”

“死者。”

“我说你是听谁说的？”

“你别管，你就说有没有这回事。”

“谁这么诬陷我？”

“这个人，你认识他，他也认识你，”他的手划向空中所有住户，“当然我也认识他，虽然刚认识不久。不过，从我的角度来说，我还是愿意相信当事人一点。”

“没这回事。”

“我也是为你好。”他看着我，你最好考虑清楚，写什么，怎么写，都在我。

“滚蛋。”

我继续走向小超市。他走过去拍打我的汽车，说：“你不知道马路边不能随便停车的吗？”接下去又对那一伙记者说，“一个普通居民而已，把自己当新闻发言人了。”直到我从超市结账出来，他还在说：“你不觉得你现在的表现很可疑吗？”

我想抽他一顿，但我想他没什么招了。

5

列车最终悄无声息地驶出去，就像上帝轻轻移走一块积木。一共十五节，一会儿就溜完了，我看见对面的月台空荡荡。它好像只装载小莉一人，它的任务就是负责将小莉从我身边装走。我感到一种散架的孤独。我们家就像散伙了。

我随便吃了点，买到刚上市的早报晨报都市报，坐在车站逐字逐句读。它们以较大篇幅报道春天事件的新进展，可用其中一道标题概述：

护城河悬案添新疑点

死者生前被搜身侮辱

它们以一名 KTV 小姐的讲述为底，外加许多评论性语言组成。她化名芊芊，就是穿旗袍、涂口红、在河边喋喋不休的那位。她敢作敢当，拨开身边掐她的伙伴，提着裙衩走到刚被她们拒绝的记者面前，说："她就是被他们害死的。"

"别说。"

"什么别说？要是没做亏心事，他们为什么跑掉？"

"事情都过去一个月了。"

"就是因为这个，就是，"她觉得旗袍很闷，叉开两腿，像只圆规那样站着，"来，有多少料我给你们爆多少料。别拦我。"

一枚从周生生买的铂金戒指，价值约一千五百元。毛毛戴不进，问："你这是给谁买的？"

“给你买的。”马勇讪笑道。

“你怎么不带我去试？你知道我指围吗？”

“我身上有钱，一时高兴，临时买的。”

“谁信？”

“不信拉倒，拿来。”

“不，你说清楚。”

“拿来。”

“给我试试。”这时春天走过来。毛毛愤怒地递过戒指，说：“你试你试。”

“走开。”马勇说。

“给我试试。”

“你试，你试啊。”

“你别哭，男人是你从我手里抢走的，我都不哭，你哭什么？”

春天对着光线举起它，在男人就要抄走时，一转身，戴到右手无名指。严丝合缝。不多不少。她还甩了甩手，它就像生在上面。“摘下来！”马勇吼道。春天转过身，看见他作势要扇下来的巴掌，说：“打啊，打啊。”毛毛气得不成样子，不停跺着高跟鞋。

“打啊，你倒是打啊，这个戒指你说要买给我，转手送了别人。”那巴掌便打下来，并不重。“你以为你是什么东西。”马勇说。

“我不是什么东西，我只是好怀念生病时，有人跑来，又是炖汤又是按摩的。”春天摘下戒指，瞟了眼毛毛，还给她，“我只是戴戴好玩，他哪里会给我买什么戒指，他也从没带我去金店试过指围，我只是逗你玩儿。”

至少在这个环节，姐妹们认为春天是打了漂亮仗的。那戒指从此像脏东西，毛毛指头没法戴，心里也戴不上，可为着刺激春天，总是拿出来玩。“你玩着玩丢了怎么办？”有人说。

“丢就丢了，好大一场事？”

可真丢了时，毛毛大汗淋漓，在衣柜、收银台和包厢不停翻找。包厢灯暗，她便取了应急灯，后来还拿扫帚柄去沙发底下扫荡。“他要是知道了，还不打死我？”她看着姐妹们，“也不知道是谁人品这么烂，手这么贱？”

“你好好想想，最后一次见到它是什么时候？”

她骂骂咧咧地想。马勇走来时，她还是没想到。“什么事？”他说。她低头咕哝着。卫生间，肯定是，上个卫生间，不见了。

“到底怎么了？”马勇烦躁地问。

“春天偷了我的戒指。”

“你确信？”

“我记得上卫生间回来时，看见她的身影。”

“你确信看到？”

“百分之八十是她，百分之百。”

“春天。”马勇喊叫道。

“什么事？”春天走过来。

“你拿了毛毛的戒指？”

“没有。”

“我再问你一次，拿没拿？”

“没有。”

“我给你机会，你自己拿出来。”

“我没拿，怎么拿出来？”

“我最后一次警告你。”

“我没拿。”

“好吧，所有人都给我滚到更衣室，滚进去。”

马勇像赶鸭子一样将大家赶进去，命令每个人打开衣柜，由毛毛挨个检查。现在想起来，并不是毛毛有什么证据，她只是出于害怕，要将丢失戒指的责任推给别人。她选择了自己最恨的人。可是春天瑟瑟发抖起来。在所有衣柜都没找到这银白色的玩意儿后，毛毛喊起来：“扒开春天的衣服，搜身。”

春天缩着身躯退到墙边。毛毛走过去，抽了她一耳光。“没有。”春天说。可还不如不说呢。毛毛蹲下去，掀开春天上衣，将手探进胸罩里摸索。“没有。”春天痴愣地看着上方，气若游丝。

“什么没有？”毛毛从她胸罩里取出戒指，“你看看这是什么？”

“这是我的。”

毛毛戴它，果然戴不上，“你看清楚，这是谁的？”

“我的。”

毛毛一个巴掌打下去，将要再打，被马勇拎走。春天眼里闪出一些欣喜来。可是马勇挽起衣袖，躬下身子便揪住她的头发。春天开始弹跳。马勇没有抓好，重抓了一次。他拎起她，用手肘压住她脑袋，掂了掂，说一声“起”，三两步便跑向另一头。春天的身子跟着自己的头发，头发跟着那只文着暗蓝色大龙的粗手，朝另一头奔跑，猛然撞到墙上。还好墙上包着厚呢，墙体也是木板，否则准得撞死。

“是不是你偷的？”

“不是。”

马勇换了另一只手，重新抓牢，不停拎着往墙上撞。“你这个疯子！”马勇咆哮着。而春天还在说：“你说过永远不打我的，你说过。”

“你他妈就是一个疯子，我认识你的时候你就是个疯子。”

马勇是个偏执狂。我们以为撞三五下就够了，可他撞个没完没了。我们一起去拉他胳膊，他还是用尽最后的气力，将她撞了一次。墙都凹下去一些，脖子撞歪了。

因为这事，很多人觉得过去一些莫名其妙的事都得到解释，比如一只耳坠不见了，或者本来是五百元的转过背回来就只剩三百。她们恍然大悟。可我觉得春天不是这样的人。春天是偷走了戒指，可这和偷走一个男人相比算得了什么？你偷走我的男人，我偷走你一枚戒指，不算合理吗？何况这戒指本来就是买给我的。谁比谁不要脸？春天当天就走了。

我坐到九点，买了啤酒，一手抓着方向盘，一手握酒瓶，开车回家。我看见路人指着我，无声地惊呼，交警也露出疑惑的眼神。我若被逮起来就好，我实在没办法安排自己的生活了。

我在家里沉沉睡去，直到房门被敲响。是物业的人。“公安分局打电话来，要你下午两点前去一趟。”他说。

“什么事？”

“没说。”

“你确定是找我？”

“是。”

“那你知道是询问还是讯问？”

“我不懂，你最好赶紧去一下。”

“一定是找我去问春天家人的联系方式，”我说，“一定是这个。”

凭什么？我坐在沙发上，不停地换电视频道。凭什么？可最终我还是驱车出了门。在岔路口，我看见阳光暖融融的，像在人行道上铺了一层明晃晃的水，树枝和树叶全镀了金，灿烂地摇曳。这是自由时刻的景象，你可以就此开溜，远走高飞。可我还是驶往分局。我反复跟自己强调：询问针对的是证人、受害人以及知情的人，讯问针对犯罪嫌疑人；如果是犯罪嫌疑人，不会打电话来，直接上门扑倒就是。

驶入分局大院后，我没有急着打开车门。我还在想，这一生我到底做错了什么事而自己还不知道？或者，我曾经得罪过什么人？等到我确信嘴里没一点酒味后，才走下来。我想我害怕的是公安局本身，就像头一次住院的人，满脑子都是开膛破肚的传说。

“没事的。”我在走廊听到一个来回兜圈儿的人这样呢喃。他穿着松软的白衬衣白背心黑裤子，脚上还蹬着凉鞋，趾间粘着发裂的泥块。他是船夫，自言自语道：“我不就是听你们指挥打捞一下吗，打捞有什么错？”我斜盯着他，他便低头避开我的眼神。我按纸条上写的，敲开某间办公室的门。一位戴着眼镜的白胖警察坐在里边。“坐，坐。”他站起来，带着本性里的善意。还给我倒了杯水。这使我大为宽慰。

“请问找我有什么事？”

“没事，就是想了解一些春天的事。”

“她是我妻子过去的同学。”

“她为什么住你家里？”

“她是我妻子的同学，和我妻子感情非常好，她又穷，租不起房子，就住到我家里。住了三个月。”

“你觉得她是个什么样的人？”

“是不是好人不好说，但至少不是坏人。她讲礼貌，很少给别人添麻烦。”

“你知道她在 KTV 干过么？”

“我也是最近看报纸才知道的。”

“她有没有向你或者你夫人说过什么？”

“说什么？”

“谁谁对她不好之类的。”

“从没说过。”

“你回忆一下。”

“没说过。”

“她住在你家时也没说过？”

“没说过。”

他做完笔录，走过来给我看，我伸出右手食指，轻点印泥，在签名上摁了黄豆那么一块。“你们每个人摁指纹怎么都这么小气？公安局就有那么可怕？”他说，但没让我再摁。

“我可以走了么？”我擦着印泥，说。

“听说你是画家？”

“只是业余爱好，算不得什么。”

“那你怎么看这事？你坐。”

“现在的死亡都他妈是受辱，”我在报复自己刚才的谨小慎微，“在之前任何一个世纪，死亡都是私事，都是一个人庄重的谢幕。而现在，你看看现在，它变成人咬狗的新闻素材。你不知道每天有多少读者对着春天这个名字手淫。”

“你这么说很新奇。”

“还有更新奇的。就是以前我从不信一句话，现在信了。”

“什么话？”

“‘人一进公安局，没罪也会觉得自己有罪’。”

他看起来乐翻了。我说：“现在我可以走了么？”

“你等等。”

他背着双手，游荡到走廊，将脑袋探进会议室。通过虚掩的门，我看见会议室地上团着一捆沾满灰尘的电线。“我可以走了么？”我说。

6

这是个念头。就像我听见的嗯唵，只是个念头。它扎根于脑海，小莉却试图通过肉身的位移来躲开它。“我们快点走，我一刻也待不下去。”她说。她弄不开车门，嘭嘭地拍打它。我一转，它便开了。她刚发动好汽车，熄火了。她当然又不停地拍打方向盘。

“手刹没松。”我说。

她嘶嘶地发着气，吼道：“还愣着干吗呢，还不过来开？”我便下车。在擦肩而过时，她既不看我，也不说话。她脸上扑满白粉，神情僵硬冷漠，身上散发着我没闻过的味道。这是憔悴的征象。她半躺着坐好，眯着眼说：“看见什么了？”我知道她不需要答案。河边，记者和围观的人都走了，穿旗袍的小姐该说的都慷慨激昂地说了，如今在孤独地烧纸。她一边用小枝拨弄不大的火焰，一边哭。她既为春天哭，也为自己哭，归根结底，还是为自己哭得多一些。我没有告诉小莉这些，我什么也不说。

直到到达农庄，她还在睡。而一醒来，便说：“这是什么地方啊？”她看见的想必也是我看见的，挂着暮色的屋角，阴凉的地面，一伙从不认识的人。他们带着动物那样的眼神，平静地看着我们。这不是你指名要来的地方吗，我想。

“我们先去吃饭。”我说。而小莉跟着店员走向房间。是大炕铺。

“不是说有单间吗？”我问。

“不好意思，你看也不影响什么。”店员说。

“那还有单间么？”

“没有。”

“这到底是什么地方啊？”小莉吼道。

“男女会分开两个大铺，都这么睡七八年了。”店员鞠着躬，退了出去。

“我怎么睡啊？”她继续吼道。

“我也不知道会这样。”

其实地方是她定的。她发泄完，就会从后面抱住我，撒撒娇。可现在看起来不会了。“我们去吃饭吧。”我说。

“不想吃。”

我们去了大食堂，她果然只吃了几片葱花。我发现这里有股蠢蠢欲动的气息。当店员将几张桌子拼到一盏亮灯下时，男人们抛下筷子围过去。他们要进行简单而快捷的赌博。店老板洗牌，游客抽取一张，如果抽到九，而上家抽到七，则可以赢上家两百。如果下家是六，还可以赢下家三百。每个人都觉得自己会赢。我抽了一张，赢了一千。

“别玩了。”小莉说。

“您别不好意思。”店主讪笑着。这时我的血液正茂盛地流开阔地流，全身正在发痒。“再玩几把。”我说。

“我说别玩了。”

“最后五把，就五把。”

小莉靠在我肩上睡了。要不是我突然抖动胳膊，将一张大牌甩到桌面，她估计永远都不会醒来。她说：“怎么还没完啊？”

“就快了，就三把。”

“怎么还有三把？”

“最后三把。”

我说的是真心话，但是三把复三把。一直到我望了几圈没望到小莉时，才收手。我想我真该死。我走到大炕铺，掀开门帘，就着昏暗的灯光找，没找到。其中一个有点像，我轻拨她肩膀，她便翻转过身，继续打鼾，鼻孔下还挂了一颗泡泡。她去哪儿了？我焦灼地走向农庄的每个角落。不会被强奸被谋杀被丢进井里了吧，天黑透了。我打电话没人接，又不敢太过失态地呼唤，我去问路人，他们努力回想，若有所思，最后摇头。我走向门外，汽车还停在那儿。我拍打车门，又用手机的弱光照，没人。

这真跟噩梦一样。

我终于丧心病狂地喊起来。店员仓促跑来，将我带向厨房。一位厨娘正在涮锅，她努努嘴，你看她睡得多香。我看到我亲爱的孩子正扑在木桩上，就着旺盛的火盆睡呢。我在厨娘的嘻嘻笑中将她抱出来。

“去打啊，再去打。”她扑打着，我嘿嘿笑着。然后她真的粗暴地、怀着恶意地推开我，走下地面。

“我要回去。我们什么时候回去？”她说。

“我们才刚来。”

“我要回去。”

我看着她恶狠狠的嘴脸。“好，你不走，我走，”她转身就走，“你就死在这里玩吧。”我心里被割伤了。不过我还是跟着她去锁柜取了行李，又跟着走向汽车。我说：“还没退钱呢。”

“有多少钱，要退你去退吧。”她夺过我手中的钥匙，推开我，打开车门。我拉她，她便弹跳起来，“干什么？”

“我来，天太黑，我来。”

直到回到家，我们还是没说一句话。她在副驾驶位置低头睡着，我开着车，眼睛紧盯车灯照耀的路面。就好像不是车辆在奔驰，而是柏油路将自己送到轮胎下。柏油路将我想说的话一遍遍滚送出来：

跟女人你没办法讲道理

跟女人你没办法讲道理

没办法没办法，没办法

跟女人你没办法讲道理

我将她抱到床上，盖好被子，然后拉着她的手，坐着睡了。我像睡了几个世纪，直到被窸窸窣窣的声音弄醒。小莉在往超大旅行包里塞东西，因为愤恨，动静很大。

“几点了？”我问。她没回答。我看墙钟，凌晨两点。

“你要干吗去？”我问。

“回家。”

“这么晚回什么家？”

“我要回家，我一刻也待不下去了。”

我起来坐到沙发上，这样离她就近一点，我看着她每个动作以及它们投射到墙壁上的巨大阴影，说：“开车回去？”

“坐火车。”

“票订好了？”

“当然。”

“什么时候的车？”

“五点。”

“怎么这么早？”

“我跟你说过，我一刻也不想在这里待下去了。”

她不停在茶几上蹾那只包。我嗫嚅着。我已提前预知到那巨大的孤独，我将一人在此度日，我们就是一起去住段宾馆也好啊。“这都是什么事儿啊，”她因为找不到什么，而将衣服从衣柜全部扯出来，抖落一地，“这他妈都是什么事儿啊。”

“别这样，慢慢找。”

“我知道。”说着，她仰头哭起来。我心里硬掉的东西又软下来。我听到她说：“你说，都死这么多天了，还嗯唵个吗？”

“你听见了？”

“是，嗯唵个没完。”

“是隔壁老人在嗯，嗯一两年了。”

“但愿是吧。”

接着她对着空气质问：“我今生没作践你，前世也没祸害你，你怎么就独独不放过我？叫你来家里住，难道也是我的错么？我得罪你什么了？”

“别这样。”我说。我想抱住她，在她耳边说——我爱你，比以前任何时候都爱，特别爱，就这会儿，我以前觉得你只是亲人，但现在我特别爱你，我从没像现在这样爱你——可我的双腿像处于滚滚激流，无法挪移。她沉浸在自己的情绪当中，并不看我。就算我紧紧捉住她的手，她还是沉浸于这悲哀。她抽走自己的手，将自己从这个房间、这个家、这个城市里无情拔走。她哪怕说句“你记得照顾自己”也好。

我驾车穿透黑雾，送她至火车站，陪她取票、过安检、上月台。我捏着站台票，像战败的将军，表面矜持，内心灰凉，看着对手席卷走一切。从今往后好长一段时间，都是我一人过，月光穿漏，被褥冰寒，地起西风，纸屑飞舞，家将不家，人将不人。

小莉走进车厢。

她一直没转身，没招手，也没投身于什么紧要的事。她视我为无物。她麻木地坐下去，将包放于膝盖，闭上眼，长吁一口气。她迫不及待找她老妈去了。我用手捂着嘴巴，感受着鼻孔酸楚的味道。我就像吃了芥末。列车一共十五节。

7

我走下斜坡，穿过水泥道。每隔一定距离便有一棵柳树，两棵树间又有一个长排座椅。在道路和防洪墙之间是绿化地。河水的臭味飘来。人们看着那个小姐从塑料袋里取出纸钱。绿化地像是被一头牛来回踩踏过，泥土边缘像尖刀伸出来。

“你就是爱看。”

在来前，小莉说。可她怎么不问问自己为什么那么磨叽。女人就这样，无论什么性质的出行，都会弄成极大的外交事件，要做充分细致的准备，特别是在脸上。我说：“我就在那儿等着。”我在阳台上看见河边新聚了十来人。

小姐捏着火机，抖落纸钱。她穿着旗袍，没法蹲下去，因此躬着身体。一滴极大的泪珠无声地滴向地面。她眼前那块小地倒是平整光滑，枯草微微起舞。我好像看见肉身躺过留下的凹形。那颗小石子还待在那儿。

最初尸体被扔来时，由一张腐烂发黑的草席盖住，露出湿漉漉的头发和一条腿。船夫蹲着，不时咳嗽、抽烟、擤鼻涕，眼睛始终痴愣地看着尸体，就像不相信这东西是自己辛苦一早晨打捞出来的成果。人们骑着车，直视前方，驰过水泥道。他们骑过去一拨又一拨，直到一个人捏了捏闸，从车上跳下，跟着车跑了几步。她一只脚踩向脚踏，想再次骑上去，但猛然惊停，果然啊，她一直看着。那些后来者将脚踮在地上，扭过车把，跟着她惊异地看。

“不关我事。”船夫盯着地面说。

草席下露出腿，脚踝森白，脚底起了皱缩。裤子水淋淋的，滴着水。丢在一边的一只松糕鞋因为浸满水异常鼓胀。人们被同类死亡的景象击中，看见自己的未来，嗫嚅着，脸上闪现出纯净的哲学色彩。可用不了多久，随着太阳带来热气，他们便躁动起来。后边的挤前边的，前边的尽量不让挤过来，又见人丛中伸出一只手，不停召唤，那些还滞留在水泥道的新来者便毅然跑过来。在大道远处，还有许多人快速骑来。其中一位骑着没电的电瓶车，蹬两圈儿，车轮才转动一圈，车身歪歪扭扭，人心急如焚。他们团聚时黑色脑袋组成可怖的景象，就像一群秃鹫被饥饿折磨，不停地挤来挤去。

“怎么回事？”其中一位说。

“是他们叫我打捞的，不关我事。”船夫走掉了。他缩着肩臂，压制着自己不要走太快。那说话的人看了一会儿船夫，转过身来，举起一根手指，哦，他翻出名片，“这事报料的话，至少值五十元。”

随后，三个女人搭乘三轮车赶来。她们穿着轻佻的衣服，浓妆艳抹。人们都知道这是什么人物，也通过她们焦灼的脸色知道死者是什么人物。她们走进人们自动让开的小道。

“不太像。”一位说。

“怎么不像？你看那里。”另一位说。

她们便看那松糕鞋。“鞋带上还有她系的小东西呢。”第二个说话的人补充道。这时，一直没说话的那个穿旗袍的小姐咧开嘴，皱着脸，夸张地笑起来。直到哽咽的声音传出来，我才知道她是在哭。

她的手腕上文着“义”字。人们就像城里人看乡下人、人类看动物那样，嫌弃地看着。就是在她哭起来后，这嫌恶也没减轻，顶多只是多了一点新奇的看法，原来就是做鸡的也有感情呀。他们用眼神互相肯定彼此的看法。他们的眼神还像一双手，拉扯着新来者的胳膊，让他们着重注意这几个浓妆艳抹的女人。等她们眼眶湿润地走掉而记者们又赶来时，他们嘈杂地汇报：是附近 KTV 的。小姐。

记者们跳过来。摄像的，笔直站着，眯住一边眼，将摄像机摇来摇去；拍照的，时而单膝跪地，时而踮着脚尖，时而跑到更高一点的地方，咔嚓咔嚓，没完没了；写字的，不停在笔记本上写着，写完一页，便粗暴地翻过去。人们围到后边，轻踮脚尖，伸长脖子。“走开。”那些记者朝后头掸手。

只有一位穿鸡心领毛衣的矮胖记者一言不发，蹲在尸体前沉思。当有人招呼他时，他猛然伸出手制止。他就像我们天才的孩子，皱着眉头，歪着脑袋，一动不动，像要从尸体上谛听出什么。他找到一根小枝条，挑起草席一角，人们跟着侧下脑袋，想看见什么。只有阴影。他一直盯着那里，忽而又扔掉枝条，揭起草席。他一边站起身，一边揭，将草席掀到一边。然后他取出相机不停拍摄。拍完了，他将双手插进裤兜，转过身仰起头，继续沉思。

春天躺在那儿，衣服粘在身上，显现出鼓胀的胸部，有的地方没粘紧，储积着水。她裸露出的皮肤极其苍白，像猪被放过血刮过毛，而在枕部、项部、腰部等处，则出现淡红色的斑块。这斑块不是隆起于皮肤，而是隐藏于皮下。据说只要按压，就会消失，而一撤开手，它又重新出现。在她的腰下有一个边缘整齐的三角形小洞，是尸体扔过来时压到了一颗小石子。她正像打鼾的人那样永睡，翘着嘴，鼻下鼓着一颗气泡。她眼球斜挺，睑球结合膜处挤压着血块。她手握泥草，右手的食指和中指露出指骨。就是被绳索捆住，她的手仍然紧握着泥草。

我感到难以忍受。尽管我早知道结局会是这样，知道它是这个神经错乱的姑娘的必然归宿，尽管如此，我还是难以忍受，猝然呕吐。这难以遏制的呕吐就像一个人被划开肚皮，怎么兜也兜不住往外滚的肠子。我双手撑住地面，蹲着，像加大了马力的抽水机那样吐着。人们仓促避开。一位白发苍苍的老头儿拄着拐杖，跟着也呕了。秽物涌出来，一部分粘到他胸前的衣服上。“你非得看，”他的老伴恼怒不堪，拿手帕不停擦拭，“你就是有瘾。”

“我不看了。”老头儿的眼泪滚出来。

我不能再呕吐时，走上水泥道，走向斜坡，在那里坐着。一直坐到路上开来一辆破旧运输车。警察从车上走下来，大喊退避，对着尸体不停拍照。船夫不知从哪里溜出来，说：“你们总算来了。”

“没有哪辆车愿意来拖。”

警察将头歪向运输车，接着又转头回来继续拍，“你的钱别着急，我会帮你落实。”船夫点点头，不知该不该走掉，蠢蠢欲动，很久才说：“早上不是拍过吗？”

“早上光线不好。”

“是他们自己围过来的，我拦不住。”

“没事，你回吧。”

船夫便走掉了。警察拍完，招来搬运工。他们戴着污黑的手套，仰着头，将那硬得像家具的尸身抬到担架上。在要抬上车前，他们将担架半倚在车斗，死去的春天便一动不动地靠在那儿，裤脚滴着水。司机跑来帮忙，将她弄上车。然后车辆一溜烟跑了。人们顿时感到萧条，不久都散了。

穿旗袍的小姐不停打着火机——她今天带来了纸钱——那玩意儿嗒嗒地发出声音，蹿出微弱的火星。直到穿鸡心领毛衣的记者来了，她还没点着。“他们说你来这里了。”他说。那小姐看了看他。

“我想采访下你。”他说。

“采访什么？”她说。

“听说你和死者关系很好。”

“是很好。”她停止打打火机，抬头望着天空。

“那你能讲一讲么？”

“没什么好讲的。”她的两个同伴拉着她。

“我要讲。”她平静地说。

“没什么好讲的。”

“不，她就是被他们害死的。”她拨开身边掐她的伙伴，提着裙衩走到记者面前。

“别说。”她们说。

“什么别说？要是没做亏心事，他们为什么跑掉？”

“事情都过去一个月了。”

“就是因为这个，就是。”

她觉得旗袍很闷，叉开两腿，像只圆规那样站着。她的同伴退到一边。她在讲述时不时回过头来强调：“我要讲。”人们围拢过来，那记者推阻着，就像这事只有他才有资格听。可其实谁都听得见。小姐越说越激动。

最终，人群散去，我听到焦躁的喇叭声。那是属于我的暗号，有人在命令我。我家的老爷车正停在斜坡上那条通往城外的道路上，小莉从车上走下来，走来走去，好不耐烦。我们要去一个农庄。我知道等下她会说：“我一刻也待不下去啦。”

8

一则消息：

本报讯（记者 何放） 昨晨6时许，护城河东段赵家闸处打捞出一具女尸。据在附近晨练的李老先生称，尸体是天亮前被一起晨练的伙伴发现后报警的。赵家口公安分局民警赶到现场安排打捞，并在上午将尸体运走。据记者在事发现场目测，女子20岁出头，身高约1.62米，穿着白色上衣、黑色九分裤以及白色松糕鞋，皮肤苍白，部分起鸡皮疙瘩，双手被绳子捆住，已经死亡。记者从警方了解到，该女子身份不明，是否他杀正在确认中。

9

我没见过小莉发这么大的火。她双手打战，无休止地咆哮滚滚滚滚滚像连珠炮发向紧闭的电梯门。滚哪。她在补偿，刚刚春天在时她一直噎着。我夹紧她胳膊，搂着她回家。她不停挣脱。“你说是不是这样，是不是？”她说。

从此她不再原谅春天。这是女人关系的本质，一旦撕裂，永远撕裂。我们呆坐于沙发，房间就像被龙卷风刮过的废墟。早上，我们仨还一起吃饭，但在上午，有一个离开了。在早上我们不能预测到这个结果。我们以为还要一阵子。我走向春天的卧室。枕头被丢在台灯下，床单和毯子胡乱堆着，露出暗红色的席梦思。剩下就不剩什么了。墙壁上挂着几幅画，空调插头悬吊着，窄小的衣柜敞开，只有一只袜子。我不奇怪春天能这么快收拾走所有的东西。我们借给她的地方不大，无法让她繁殖出自己的物品和世界。

我在小莉提着拖把出来时，溜进卫生间。我憋了很久，现在却一点也拉不出来。我越想拉，越拉不出来。写这些你不会舒服，但没有比这更能说明我造孽的事情了。我觉得是在占用别人的卫生间。小莉和她男人拖着拖鞋在外边走来走去，你搞不清他们是在提醒我还是本来就要走来走去。他们让我全身发紧。他们透过这扇薄门监视我。我在这里占用他们的马桶呢。我真丢人。我想只有住在旅馆才能好好地痛快地上一次厕所了。

我坐在席梦思一角。起身时，感觉很多杂碎跟着弹了一下。这感觉不真实，但我还是去揭开席梦思。天哪，在席梦思下竟然藏着鞋带、扣子、别针、牙签、起子、筷子、剪刀、镜子、手机、电池、电线、铁盒、名片、颜料、打火机、烟灰缸、罐头盖、口香糖、避孕套、打折卡、购物袋、不干胶贴纸、木雕观音像、一本叫《茶花女》的书以及一本写着密密麻麻心事的日记。我们用过而熟视无睹的东西和她自己不知从什么时候起积攒的小宝贝，在这里组建成一个王国。

我用食指轻推门，使它虚掩着。我快速翻动着日记本。有时她一笔一画写，可是平静里埋藏着极大的恐怖，她在给世上的每人定罪；有时则行笔快捷，由楷而行，由行而草，终于让一枚枚感叹号充斥着整页，就像她在反复戳杀。最后，每一页日记都被画了凶狠的大叉。我听到脚步声。她一定也说了我坏话。我身上没法藏，只有裤兜，而这会使裤兜分外鼓囊。小莉走进来。“你看，她都搞了什么？”我揭开席梦思。小莉眼睛睁大，我说呢。她将席梦思扶住，我说呢，啧啧。

“这里还有她写的日记。”

我还没搞清楚自己说了些什么，日记本就递到小莉手上了。也许仓促间我想到这样会坦荡一些。我埋头看《茶花女》。小开本。白色封面。女子的剪影。睫毛上翘。法国小仲马著。王振孙译。我反反复复看着这些。一个逃跑的人跑，天经地义，可追赶的人也会因此越来越有信心。如果他转身走向后者，情况会不会改观？“哦。”

等下我要这样说。

小莉逐行逐行、逐页逐页地看，眉毛拧作一团，鼻翼张大，脸颊跟着抽搐。我等着她扔掉它，站起来责问我。她却轻描淡写地说："这傻×。"接着她说，"你过来看。"我便乖乖坐过去，侧过脑袋看。

用不着这样，小气鬼，用不着。我只不过用了你家的热水器一会儿，就用一会儿。费不了多少钱。小莉你不用在我洗澡时关掉热水。用不着这样。我会在桌上留五元钱，作为我对你们的补偿。我以后每用一次就付一次钱。以前用的也会慢慢补给你们。你用不着在我面前装什么大方。用不着，小气鬼。

"这他妈是我关的吗？热水器不是自己常坏吗？"小莉说。我点头。"我得罪你什么了？你能识点好歹吗？给脸不要脸。"她接着说。

"算了。"

我接过日记本，重新翻。我看到招聘经理淫邪的目光、路人跟随她一整天试图抢夺她的包、每辆汽车都要撞死她——我感觉自己站在拥挤的被告席，充满凑热闹的安全感——我当然也看到我如何处心积虑地勾引她，路过时蹭她，用手指勾她下巴，将手掌捞向她阴部，等等。

"没这回事。"我说。

我知道，小莉皱紧眉头，不停晃荡着脑袋。我本想说，我没什么机会和她长时间独处。但我觉得不需要了。我撕掉构陷我的这一页，也撕掉构陷小莉的那几页。你最好把它们全撕了，小莉看着我，但我还是当着她的面，将日记本和《茶花女》放进敞开的衣柜。她没亲口说出来，我便不能扔掉它。我让它从此一直待在那儿。这没什么不妥。如果有天小莉找起来而它不在，我还要解释很久。我就让它一直坦荡地待在那儿。

这傻逼。每隔一段时间，小莉便会斥责那离去的人。然后她连傻逼是谁也忘了。正是这遗忘导致她在听闻春天死讯时猝不及防。而我早看到这个结局。这种预见就像隐秘的癌细胞，愈长愈大，愈长愈多，折磨着我的心魂。

我曾以为这是对狗也会有的人道。当我们在一起生活时，彼此不快，恨不能直接叫她离开，可一旦这间卧室空出来，我便心酸起来。我毕竟不是铁石心肠。我们毕竟生活过一段时间。我被妈妈养的狗咬过，妈妈抱紧它退向墙角。我说："你是要狗还是要我？"

"都要。"

我抢夺过来，将它从窗户扔下去。"你疯了。"妈妈哭着说。"我没有，"我拉起裤脚让她看，"我要去打针，不打针我就死了。"我在楼上听见小狗痛苦的咽咽声。它拖着摔折的后腿，爬到门口，最终让屠夫捡走了。它的脑袋从口袋伸出来，前腿巴住袋沿，看着我们楼上。我突然感到愧疚。不是因为妈妈，而是我想到屠夫掂量它的动作。我觉得是我处决了它。

我一直在想——春天走到这一步说到底也有我的责任——不过我又想，是，这样很好，但这样的好心也导致你成为毫无防守能力的木偶，任人绑架和利用。虽然春天只对我说过一次，你可以理解这样的话她对很多人说过，可能跟谁说过都记不清楚，但它却成为抓紧我心脏的利爪。她只说了这么一句，我便从此受它奴役。即使她离开我们放走我们，我还是被这样的威胁牢牢控制。即使她说的明显不讲理。

“我死给你看。”

因为这句话，她走向窗户时，我会想到她跳楼；她拿起刀，我会以为她要抹脖子；她剪指甲，我又以为她会刺瞎眼睛。她什么干不出来？她走时我松下一口气，以为从此眼不见为净，可终究还是抵不住对死这种可能的害怕。我想到她死了，别人在她尸身上觅到遗书，指称这一切都因为我，我是道德上的凶手，是人渣和败类。她说这句话时毅然决然。她恶狠狠地盯着我，像用刀将这五个字一刀一刀刻在我心上。她离开也许正是为了让这恐怖的誓言实施得容易些。我想我是不是应该去找她，二十四小时跟着她，以防她想不开。你跑不了，我会死给你看，一定会，你就是一株随时等我收割的稻子，你等着，她长时间看着我。

我去找做心理医生的同学。过去我们亲如兄弟，现在他仍如此，而我却将穿着白袍的他视为心灵之父。我期待他抚摸我的头，将我揽入怀抱。我说：“我总是担心。”

“担心什么？”

“别人死了。”

“为什么？”

“我心软，总担心别人死了，我善。”

“不，”他宽和地嘲笑道，“你这不是善。你其实并不关心对方。你担心的不是别人死了，而是别人死带给你的结果，你害怕承担责任。”

我觉得他说得对极了。他接着说：“你这是强迫症。人或多或少都有这点虚伪。我也一样。你应该跟自己说，死就死吧，去死吧，我巴不得你死。”

后来，我打电话给春天。无数次我都快要拨通，瞬间又放弃。这次我咬着牙，拨完号码。嘟嘟的声音漫长而稳重，像路灯一盏盏亮一盏盏熄，最终全部寂灭。我一共拨了四次。她终于接了，听得出来，她正在忙别的事儿。

“干什么？”她说。

“最近还好吗？”

“还不是那样。”

“那就好。”

“就这事？”

“对，就这事，专门问问。”

这时我听到电话那头有个男人的声音，“跟谁打电话呢？”

“一个朋友。”春天说。

“男的女的？”

“你管得着吗？”

“一定是个男的。”

“闭嘴！”春天又转到话筒里来说，“挂了啊。”

我听到她一边嬉闹，一边挂断电话，一时大为宽心。我不知道为什么就这么宽心。她终于被别人接收了，这定时炸弹终于被别人抱走了。我解放了。我开始怀着真正的柔情和小莉生活，我从来没这么喜欢过小莉的身体。我们的生活就像才刚刚开始。

10

第五次。最后一次。在处死犯人前，会让他得到一顿像样的伙食。我们预留了春天的筷子、小勺与碗，等候她。我们做的是她喜欢吃的皮蛋瘦肉粥和煎鸡蛋。但这只是试图缓和彼此还要相处的痛苦。我们不知道她当天会离开。我们仅只是希望她信守承诺，十几天后离开。

“不吃。”

小莉走出来。乳黄色的光从春天房里照出来。“她坐在那儿发呆，说她不吃。”小莉说。然后她坐下端起碗，夹萝卜丝。我也这样做。我们像处在劳作间隙的民工沉默地吃着。我从没听过我们嘴里会发出如此奇怪的声响，我们哧溜哧溜地吃。其间我走向春天卧室。我倚在门边。灯光打在春天身上，在地上留下阴影。她蹲着，皮箱敞开，整齐摆着化妆盒、镊子、卫生巾等零碎，床边小桌上也摆着一些。她将皮箱里的放到小桌上，将小桌上的放进皮箱。如此反复。她声音平静而认真，判别哪件物品属于小莉哪件又属于自己。

“先吃吧。”我说。

“不吃。”

“粥快冷了，听话。”

“说了不吃，你聋了吗？”

她一直摆弄着那堆玩意儿。我转过身来摇摇头，小莉以痛苦的神情回应我。我们沉默地收拾碗筷。我们将春天的那份还留在那儿。我冲洗碗筷，小莉拿干布抹，然后将它们放进碗柜。我们做完这些回到卧室，躺在床上。我听到我的肠子发出鸣响，客厅传来春天恶狠狠的声音，“不吃你们的饭，说不吃就不吃。”小莉轻踢我，我坐起来。我看到她也在看我。她一手端粥，一手端小菜，表情惊愕，但很快便仰起头，阔步走向她的卧室。

“她还是吃了。”我说。

“别惹她。”

“她好像在收拾东西。”

“是啊，用不了多久，再忍忍。”

后来我听到春天洗碗的声音。我一直没睡着，我以为小莉睡着了，侧过头看，她也睁着眼，一动不动地看着天花板。我起来上卫生间。春天坐在沙发上，捂着坤包，朝烟灰缸轻弹烟灰。她并不看我。

“要出门啊？”

“不出门就不能带包啊？”

她搂紧坤包，吐了一口烟雾。抽烟的女人真美啊，冷漠而茫然。她将身体转向另一边，继续仰着头抽烟。我走进卫生间坐到马桶上。

我喜欢将报纸翻来覆去地看，直到待得实在没意思了。我听见小莉趿着拖鞋懒洋洋地走出房间，与此同时，春天蹬着高跟鞋走回自己的房间。就像有项规则：一个空间只允许有一个女人。小莉走进厨房，扭开水龙头，用牙刷搅和水杯，此后挤牙膏，朝右边牙腔捣鼓，又朝左边牙腔捣鼓，一嘴的泡沫。她愿意这样刷一天，一切都会过去，现在难挨，但总有一天会过去，你可以想象现在是未来，未来这里就没有春天了。她不停漱口。

她将走回到房间。我也将回到那里。我们会继续躺着。在这过程中，她拉开刀具柜。她发现又有东西失踪了。“我说春天，你是不是将菜刀藏起来了？”她吼道。

“没有。”春天以更大的声音回应。

刀具柜被轰然推上。小莉疾步走向客厅，走进春天的房间。我拉开卫生间的门，跟过去。小莉打开衣柜，在叠好的衣服间来回翻找，春天面对她，向床头退去。她总是试图掩盖什么而将人引向掩盖的地方。她坐在枕头上。“让开。”小莉扯她。她扭动着身体。

“我说让开。”

小莉用力推她。她悲哀地滑下去，须臾站起。枕头下藏着水果刀、切肉刀、菜刀、锅铲还有擀面杖。“这是什么？”小莉抓起锅铲——我得感谢她仓促拿起的是这个——她们一个握木柄，一个抓铁铲，争执起来。“别动，这是我的，你别动。”春天说。也许等下她们还会抢刀，小莉朝前捅，而春天紧握刃口，血从指间淌下来。这真让人恐怖。在她们同时弃掉锅铲时，我操起枕头，将刀具压住。

“够啦。”我吼道。她们扭成一团。我捞起三把刀跑掉。回来时，我看见小莉用擀面杖点着春天的肩窝，说：“看清楚，这是我家。”

“不是。”

“那难道还是你家？”

“是。收拾好你的东西，快滚。”

“我要怎么跟你说，神经病。”

小莉用擀面杖敲打着她的锁骨，“我要怎么跟你说，你不记得，是我接你来我家住的吗？”

“这是我家。”

“你看着，这是谁的皮箱？”

“我的。”

“是你的，我们有房子的人不需要皮箱。”

是。我有房子不需要皮箱。我没房子所以需要皮箱。我拉着皮箱到处走走到你家。春天理清楚了，啼哭起来。她要抱小莉，被推开。

“现在请你离开我家。”小莉说。

“求你了，小莉。”

“请你离开。”

小莉指着门外，然后抄起春天的衣服，随便扔向皮箱。春天跪在地上，一件件地捡，当松糕鞋扔过来时，她拖着膝盖快速移动，捡起它，抱在怀里。她可怜兮兮地看着我们，我们仰起头。“请。”在长时间的沉默后，小莉说。春天站起来，说：“谁稀罕，走就走。”

事情就此解决了。

春天将东西塞进皮箱，一会儿塞完了。她扣上皮箱，拉着它走出去。一切都按照她的意思也按照我们的意思快速进展。她拉着皮箱走到门外，电梯从一层往上走，走向顶层，返程时会捎走春天。

我站在小莉后边。

低着头。

春天看着变动的数字。她扶着脑门，晃荡着它，在想反扑的办法，就快想出来了。你们家男人完得很快。我希望在她想起来前，电梯已带着她走了。电梯将至时，她转过身来，我迎着她的目光，呼吸急促。她却将目光转向小莉，说："你瞧你，黑成那样。"这真让我诧异。她像侠客那样爽朗大笑，走进电梯。里边没有别人。银色的门关上。她无疑在关门的同时看见小莉全身战栗。她赢了。

"别生气。"我搂着小莉。

这会儿，电梯门又猛然弹开，春天一边摁关门键，一边补充："怪不得当年都叫你野猪林，你这样的人也只配嫁给……"电梯门再度关上。要不是我箍住小莉，她准得飞踹过去。我倒有些爽快，就像惴惴不安的罪犯终于等到一顿惩罚。春天没来得及说完的应该是："……像陈庆这样的老东西。"

春天今天没和我算账。今天她脑子有点乱。"你不是说你爱我吗？"也许她应该这样说。我会解释不清楚，因为她当初反复问："你是真的爱我吗？你说真话。"

我说："是。"

11

第四次。最近她拒绝和我们用餐。我走出来时，看见她往碗里夹菜。我掸掸手。她眼睛瞬间绷直，随即端着碗朝房里跑去，一些咸菜掉在地上。她甩上门。那声响夹了我心脏一下。

小莉走出来，脸色愧疚。她在为春天的不懂事道歉。那脸色里同时有凄苦的东西。说明她也站在我这边，是我妻子，跟我一起懊恼于这客人带来的不快。我本想骂娘，但还是摸着她的手拍她肩膀，使她感受到宽宏大量。

那门忽而开了一小半，春天的脑袋伸出来。她看见我们在，又仓皇关上。我很吃惊她怎么没将脑袋夹住。大概是怕没关好，春天重关了一次，随之转上内锁，用钥匙反锁两圈。“他妈的。”我恶狠狠地说。小莉捉住我胳膊。“他妈的。”我重复道。

“你别生气。”

“我没。”

“她会走的。”

“我知道，我没生气。”

也只有小莉在时，我才敢发泄。小莉放下捉住我胳膊的手。“我不会再生气了。”我说。她走向春天房门，眼睛还在看着我，快走到时，才面向那扇门。她敲了几下，叫唤着，又敲几下。没有回应。也许睡了，就让她安静一会儿，小莉看着我。

“我只是要缓下，缓过来就好了。”

"我知道。"

小莉看着我，继续说："我开不了口。"

我们走向沙发。我的手摊着，小莉捡起来握住。我们打开电视看却什么也没看。直到狭小的卧室里传出声响。内锁转开时弹动，接着是钥匙插向锁芯转动。春天拉门把手。腾腾腾，好像要将它扯下来。"是旋转，不是拉。"我吼道。她照此处理，却没转开，因此不停踹门。这该死的娘们儿还骂："放我出去，我要出去。"

"没人关你。"

我走过去，将钥匙插向锁芯，插不进去。"抽走你的钥匙，让我来开。"我吼叫道。那边什么声响也没有。"抽走钥匙。"我继续喊。

"是你们将我锁住的。"她悲啼道。

"我们锁你干吗？"

"你们就是，你们故意这样，你们凭什么锁我？"

她一边哭一边拍打着门，不一会儿用脑袋撞起来。我被她的绝望弄焦躁了，也不停地拉起门来。"我来。"小莉推开我。她试图插进钥匙，接着拉动门把手。没用。她想了一会儿，说："春天，你在里边将钥匙再转一圈。"

"转过了。"

"你只转了一圈，再转一圈，朝左转，听话。"

里边哆哆嗦嗦转了好大一会儿，锁芯才弹响。门被拉开，一股风蹿过来。房内的窗户开着。她大概还想从那里跳下去，这该死的东西。小莉骂骂咧咧，而她一把抱住小莉。她额头青肿，像是刚从厉狗的追击下逃生，她抱着小莉不停地哭。

“没事了。”小莉说。她哭得更凶了。小莉推开她，说：“看清楚，是我们害你吗？我们害你了吗？”

“我们真应该将她的东西扔出去，让她走。”小莉说。

“嗯。”

“我这两天试着问她，看她什么时候走。”

“我不是那个意思。”

“总是要问的，我烦得不行，烦死了。”

次日我们起床，发现春天房门紧锁。我记得她是开着睡的，门边挡着椅子，以防门自己关上。可这会儿又关上了。我们敲门，听到平静的回应：“进来。”我们推开门，看见她坐在床沿。晨光从窗户涌入，在她脸上打下神秘的阴影。她这会儿就像我们的妹妹我们的小朋友，侧过脸讨巧地看着我们。她眼里荡漾着光明而温暖的湖水。她仰着头，露出微微外翻的白齿，心无芥蒂地笑着。

这笑如此美好如此天真，就像暴风雨后寂静而充足的阳光，晒照于我们内心。

我们吃了一个快活的早餐，然后打牌。她是照牌理出的。小莉问她店铺的事，她说老板娘回老家一趟，可能要先歇业一阵。小莉看了眼我，见我没怎么催促，便也不问春天什么时候走了。倒是春天说：“我可能月底走。”

“干吗要走？”小莉说。

“我那边找了间房子，一直挺麻烦陈老师和你的。”

她这么说时，脚在桌底朝我移动，触碰到后轻轻摩擦我的一只鞋。我缩回双足，专心看牌。她仰起头，肆无忌惮地看我，嘴角嘲弄。她在嘲笑你的牌技呢，瞧你打的，小莉这大气的女人推着我手中的牌。

我窘迫不堪，越想掩饰住脸红，脸红得越快。“打得真臭。”我说。而春天此时已前倾起身体，上身都快贴到桌面了。她直勾勾地看着我，就像要将什么东西从我脸上钩挖出来。这时她还伸出腿，用足尖不停点我的膝盖。她得有多放浪啊。

小莉跟着她好奇地看我。

我从牌里随便抽出一张。那足尖从我膝盖上忽然抽回去。几乎不到一秒，她已笔直站起来，将大王甩出来。“管上。”她哈哈大笑。她的乳房还在因身躯的猛然站起而晃荡。

12

第三次。她压抑着愤怒出了门。她被感情上的事打击坏了。下午，她失魂落魄地回来。她在卫生间待了将近一小时。出来后，捉住小莉的手啼哭。

“别难过，男人都那样。”小莉说。

“不是。”她抽抽搭搭地哭起来。

我在卧室坐立不安，也许应该找到一根绳子，从窗户溜出去。我快要呼吸不过来。最终我还是拉开房门。春天抬起头，像被赶出家园的狗那样楚楚可怜地看着我。我被她如今的景象吓得哆嗦：头发剪得凌乱蓬松。眉毛像八字低垂着。眼影已被泪水冲垮，在脸上留下炭色的污痕，就像有人拿着蘸水的抹布在这张脸上来回涂抹墨汁。她噘起的嘴唇画得极为鲜红，完全游离出面孔。她就像站在舞台上束手无策的悲伤小丑。

她看着我。小莉看着她。而我看向地面。

“我好看吗？”她说。

“好看，要多好看有多好看。”小莉抚摸着她的肩膀。我快步走向卫生间。这个美人儿找到原因了：不是别人不爱她，而是她自己不好看。我实在受不了这摇尾乞怜的目光。

13

第二次。据说在触礁前，船员有先见之明，但船还是会撞上去；地震前，鸡和狗也会逃窜，但人们继续生活。还有，事情的可怕并非等量相同，它分为轻微可怕、比较可怕和很可怕。每一次的可怕都会带去一定的适应性，使人麻痹。

我们开始感觉房里的东西在减少。

我问小莉，小莉也问我，不是我们干的。就像有股风趁我们睡觉卷走了它们。我实在想不出有小偷屡次三番翻墙入室的可能性。

一天早起，我看见是春天将一只旧手机扔进垃圾袋。我伸出手，但什么话也没说。这东西是属于我，但它对我来说还有用处吗？她低头继续收拾，等下将把塞满的垃圾袋扔进楼下垃圾桶。她有点自作主张，但我为什么要打击她的积极性？她又不是将正在用的电话拆掉，或者将正在走的墙钟摘下来，她只是像园丁，替这个家庭修剪掉一些不必要的枝蔓。

其实我觉得她有病，但不能这样说。

14

第一次。晚餐。她过来坐下，拿了筷子便放下。“吃呀。”小莉说。她斜过头去，鼻孔出着气。“吃呀。”小莉说。她便撴起筷子，可还是不吃，她盯着我。这时我才知吃饭也是一件私密的事，不应被人长时间看着。她今天状态不对。

“春天你怎么了？”小莉说。

“他用了我的筷子。”她说。

我僵住，看看小莉，小莉也不懂。我继续夹菜。“我说你呢，你用了我的筷子。”她吼道。我和小莉目瞪口呆。我想这是在报复我吗？如果是，那就来得更猛烈些吧。

“对不起，我还给你。”我说。

“算了。”她厌恶地摆摆手。

“你怎么知道这是你的筷子？”小莉说。

"我在上边用刀割了一下，做了记号的。"

"哪里？"

"这里。"

让我奇怪的是，小莉认真看了那割痕，说："没事，我们以后记着。"

"算了，一双筷子。"

春天没有吃，像鬼魂游弋回房间。我和小莉面面相觑，好像不确定她刚刚吼过。我们沉默对坐，只余墙钟�嚓嚓地走，它稳步向前，弄得我们心里懊丧而单调。

"到底怎么了？"我说。

小莉指指她的房间，又指指自己的太阳穴，这里有问题。我摇摇头，站起来，走向卧室。我被这事情给吓坏了，我需要一个人待一会儿。小莉跟着进来。她将我的手拉到她胸脯上，她的心在怦怦狂跳。

"对不起。"她说。

"怎么了？"

"我也不知道会这样。"

"怎么样？"

"我求你一件事。"

"什么事？"

"不要现在赶她走。"

"为什么？"

“你先答应我。”

“我没说要赶她走。”

“我有个妹妹，我自小就和她争，总是争。后来她十三岁死了。”

“这跟这有什么关系？”

“我后来争也没用，我妹妹死了。”

“这跟这没有关系。”

“我知道，但是这事惩罚我了，”她哭起来，“这事惩罚我了，你知道吗，陈庆？”

“我知道。”

我抚摸着她的肩膀。不久站起来，走过来走过去。我心里总是在说，我知道，我知道，我他妈的知道。“你别这样，陈庆。”小莉说。

15

这并没意思。我放下报纸，发现她在看我。她已看了好一阵子，像平稳行驶的船只猛然触到礁角，抖了一下。我没办法再读下去。当我起身时，她的眼神跟着上扬。

“看什么？”我说。她慈爱地笑着。“有什么看的？”我说。直到我从阳台折返回来，她才说：“我就是喜欢看你。”接着又说：“你是不是不喜欢这样？”

“没什么。”

“那你抱我。”她张开双手。我没有理睬，走过她。“抱抱我。”

她的声音绵软无力起来。我找到鞋刷，敲打着鞋架，就像要选择一双穿出门。“抱我。”她说。

“我们不能这样了。”我说。

她的双手这时与其说是张着，不如说是勉力举着。这很尴尬。但我就应该将自己送过去给她抱吗？我并不爱她。“对不起。”我尽量显得真诚。

“你是爱我的。”她说。

“我不能了。”

“我知道，我只要你抱抱我。”

“不能再这样了。”

她放下手，出了点眼泪。我进卧室躺着，我想我应该说，我们还可以保持亲人般的关系，你是小莉的义妹，也是我的。后来当我拉开房门，发现她站在门口。

“可是我爱你，你知道吗？”她说。

我想退回去将门关上。她继续说：“我不破坏你和小莉的关系，我什么都不要，不要名分你知道吗，我只要你让我爱你就可以了。”

“不是那回事。”我推开她的肩膀，走出来。她一直跟在后头。“你是不是讨厌我了？”她说。

“不是那回事。”

“那是怎么回事？我不要你什么，我只要你让我爱你就可以了。”

“不是这回事。”我声音大起来。

“那是怎么回事？”

我推开她，又走回去，将卧室的门关上。我想这样够明白了。可是接下去的时光，只要小莉不在，她便过来纠缠。“你不爱我吗？”她总这样问，“一点都不爱？”

不是。可是。要怎么说呢？我支支吾吾。说话是困难的事。每一句都要做到不能让她心死，也不能让她看到希望。我真想说：别做梦了。是，做了又怎样，做了不代表爱你。何况还没做。我没有插进去，就不能算是占有你。我既然没占有你，你凭什么认为我应该对你负责？

有时她几天不归。她会从电话亭打电话过来。我当着小莉的面气急败坏地问：“谁？”

“是我呀。”她总是这样悲哀地回答。

“有什么事？”

那边便陷入令人烦躁的沉默。“谁呀？”小莉问。“没什么。”我跟小莉说，挂掉电话。不一会儿，手机又响了。“你要干吗？你到底要干吗？”我吼叫道。那边总是沉默。有时小莉不在，我便能完整听见她的哭泣。她边哭边说：“陈庆我跟你说……”接着又哭去了。我不敢轻易挂掉。也许这是她赴死的前奏。我哄着她，有时则大喊大叫：“够了够了够了，我真不明白你为什么会喜欢我这样的老男人，我既没几个钱，性能力也不行。”或者，“我这会儿就要死了，我感觉呼吸不过来，啊，我求求你了，我求你别折磨我了。”

我一旦关机，她便跑回来。

“你怎么了？”小莉抚摸着她干枯的头发说。她既不洗脸也不吃饭，眼窝深陷着，将自己糟蹋得不成样子。我想小莉就要明白了。可当我抬眼偷看时，发现春天并没有盯向我，而是对着地面不停吼气。她委屈得不行，眼泪扑簌扑簌地往下掉。“你怎么了？”小莉说。

“没什么。”

“谁欺负你了？”

“没什么。”

她要是借这个机会指桑骂槐骂几句该有多好啊。可她只是不停吼气，说没什么。“真造孽。”小莉安顿好她，走向我。我点点头。我觉得这一切不真实。真实是什么呢？小莉看着我，瞳仁逐渐扩大。愤怒和恐惧像两匹军马从身体各处汇聚而来同时冲到脸上。她看着我，又看看春天——你干出这种事情？这种事你也干得出？你们是不是还要密谋杀了我——她连续后退。直到确信我们已被羞愧笼罩，已被羞愧完全统治，她才啼哭出来。她甩门而去，将我们留在这里，然后带着越来越多的人来参观我们。越来越多的警察越来越多的居委会的人越来越多的邻居。或者，她只是踢开我们，将所有没有上锁没有钉住没有粘牢的东西扯下来，在我们眼前逐一摔碎，然后坐在那儿没完没了地哭，然后抽搐发羊痫风，然后又躺在地上没完没了地哭，然后站起来一头撞向墙壁，然后又拿刀割颈。两根胸锁乳突肌就像两根弦，一割就断了。然后脑袋栽下来。

春天的嘴唇几度开启。从唇形上我甚至能猜出她将要说的字。她毕竟偷了朋友的男人，羞于启齿。我倒是盼望她快点说出来，我实在受不了啦。我要杀人啦。可小莉一走来，她的嘴唇便匆忙闭上。

等小莉去了卫生间，她才开始重新咕哝。小莉不像我，她能忍受排气扇的嗡嗡作响，她开着它。春天忽然低声说：

“我还是放不下。”

她他妈的原来是要跟我说话。我怒视着她。坐着的她不停战栗。我还以为自己是待宰羔羊，原来她才是。我有了主宰的感觉。她这会儿想必下定了决心，要忍受一顿责骂，然后等我骂完后再收留她。我沉默不语。卫生间的排气扇在嗡嗡响地工作。她哭起来，说：“一点点都不爱？”她集中了全身最后一点力量，才在眼里燃起这么一点火光。

“是。”我说。

她晕晕沉沉地走向阳台。我瞟着她。她拉开窗户。我跟过去。她双手扒着窗沿。我拉住她的手肘，被她推开。

“不要干傻事。”我说。

她看看我，又看看窗下的地面。她呼吸好几口空气，取下晾衣架上的衣服，走回自己房间，不一会儿背着包走出来，拉开门走了。

几天后，她将我召到护城河边，每隔几分钟便大哭一次。我像石头一样坐在她身边。她不停讲述，最后讲的是什么我也听不清了。她像收拾起东西一样收拾起眼泪，说：“我最后一次问你，你爱不爱我？”

我摇摇头。你等着，她恶狠狠地看着我，毅然决然地说：“我死给你看。”

16

我不喜欢她，但还是敲她的门。我按照一二三的节奏敲，一下，间隔；两下，间隔；三下。没有回应。我有点懊丧，走回自己卧室。我并不喜欢她，但是底下在小莉一离家时便膨胀起来。我抚摸它就像抚摸一只趴在地上怄气的小兽。它势必要完成它想完成的事。

她后悔了，或者羞愧得不能自拔。

我听见她走出卧室，趿着拖鞋走向我这里，不禁咽下口水。但她拐向卫生间。她漱口、刷牙、漱口、用水浇脸，还上了一会儿厕所，然后走回自己卧室去了。我的门虚掩着。我不能跳过去推倒她。她将换下睡袍，穿上出行的衣服，出门去。事情就这样完了。我很丧气。不过这样也好。

她折腾了很久。女人总是这样，在出行前拿着两件衣服比来比去。要走快走。我滚到床的另一边，脸朝窗户，窗帘虽然拉严，光明却无限透进来。说起来，人就像毫无主见的动物，被性欲牵着走来走去，一边走一边低头嗅哪里有女人的气息。你倒是快走。当我转回来时，看见她站在床前，双手插在兜内。她赤着脚。我坐起来，拉开她睡袍，傲挺的肚腹和浅弧形的腹股沟白光一闪，被她双手一夹，盖住了。

我们什么话也没说。到处是我的呼吸声。她推开我，先躺下去。她左右扭动着，像是躺好了，起身解掉睡袍，又躺下。我扯掉裤头。

可她还是左右扭动着，就像要找到一个合适的躺法。我躬着身躯，盯着我的下面和她的下面。不，不要这样，她用手捧住我腮部，将我的脑袋捉下去。她用舌头顶开我的唇齿，在我口腔里搅和着。她虽然刷过牙，嘴里还是飘着营养不良者才有的酸臭味道。我几度要中止，被她搂紧。我睁开眼。哼。她的脸鼓了起来，起起伏伏，紧闭的眼皮也微微发颤，她正像头蠢猪那样忘我而陶醉地吃着我的唾液。

“我们聊会儿天吧。”她说。

“事后聊。”

“我们先聊一会儿嘛。”

她让我躺在旁边，拉着我的手。她身上冒着干燥的热气。我让她的手搭在我下身。我们貌似两小无猜，躺了一会儿。她转过脸来说：“你真的爱我吗？”我还没说话，她又说：“你说真话。”

“是。”我说。

我的手在她身上游走。她出了眼泪。她一出眼泪我就知道坏事了。天下没有免费的午餐和女人。“好。”她噙着眼泪，咬紧牙齿，极大地摊开身躯，像超然于世的受刑者任人收割。她就这样干燥地躺着，我怎么也弄不进去。“对不起。”她说，眼睛一闭，又溢出一团泪水来。那玩意儿顶了几次开始痛。那一堆因为干燥而根根分明的干草，盖着一道拒人千里的石缝儿。我想就是有人刺进去过，也会硌出血来。我扑在她身上，就像扑在硌人的柴火上。

“世上根本没有强奸这回事。”我说。

“对不起。”

“只要女人不配合，男人不可能插进去。”

“对不起，我也不想这样，”她哭起来，“我以为这次行的。”

“你行过吗？”

我爬下床，穿起裤衩。她过来抓我的手，被我甩开。我穿好睡衣睡裤。不论这是客观原因还是主观原因，我都得惩罚她。她悲哀地躺着。她没有水。她无能为力。这个男人毫不掩饰他的懊恼、愤怒与嫌弃。她瑟瑟发抖，身上每处都保持着要抱住我的姿态，可是我要毫不留情地走掉。我最后盯了她一次。她低下头，躲藏在愧疚的海洋里。可当我转身时，她跌跌撞撞冲下来，心急火燎地扒下我的裤子和裤衩。

我站着，被铺天盖地的空虚感笼罩。什么都没意思，让人厌烦。我看着她帮我拉上裤头和裤子，看着她收拾床铺，将它叠得和原来一样。我由着她干这些。直到房门传来插钥匙的声音。我从这莫名其妙而又根深蒂固的空虚中醒来，双腿发抖。钥匙一共要转两圈。我们家两间卧室间隔有四五米，春天像一只光溜溜的兔子，提着睡衣蹦回自己卧室。小莉打开门习惯性地对着墙镜看自己，左侧一下，右侧一下，仰起头，拨下鼻尖的灰尘。她踩下鞋子，趿上拖鞋。春天将门虚掩好。

我站着。小莉走过来后，我才坐下来。如果小莉聪明点，就可以将一些反常的响动、举动与偷情联系起来，这是女人天生的本领。

“我有点发热。”我面红耳赤、有气无力地说。小莉摸我的额头，又摸摸自己的。一样的温度，她摸出不同来。她说："是啊，你瞧你，连这点都照顾不好自己。"她皱着眉去倒热水。水哗哗地落向杯底，她仰起头，脑子有空来想一想有什么不对劲的地方。但什么也没想到。她看着杯子接满了，端着走过来。春天的房门悄然关上。实际上直到小莉再度出门时，她连春天是不是在家都不知道。我看着小莉找到那张单子匆匆出门，想到春天恬不知耻的声音："可是我觉得，我怎么就这么喜欢你呢。"

这真没意思。

17

"好吧。"她关上门，对不起。我还没弄懂这是怎么回事，就让事情结束了。我的灵魂空荡荡，像被狂风刮得干净，连赖以站立的地皮都开始瓦解。我随着失重的土层掉向无底深渊。我的阳具插进她的身体，一想到此，我便空虚起来。所有的事都没这一件来得急切和必要，为了它我什么都可以舍弃。我很久没和小莉行房，硬不起来，我们差不多忘了这事。可现在就是想一想，全身便虚脱了。我就要撩开美人儿的短裙，插进她的身体。她的双膝挺起、战栗，腿部泛着乳和的光，腹部与胸部微微起伏。她会顿时蜷缩，像被虫子蜇了一下那样哼叫出声。

但我推开了她。

我陷入到永别的遗憾。我看到垂死的我在看现在的我，他耿耿于怀这个夜晚。这个机会难得又被没必要的礼节和道德弄得一事无成的夜晚，像钢钎，洞穿我们一生的心脏。垂死的我有着孩童的倔强，泪花翻滚，不停呻吟。而我在床前向他解释，这是不能碰的毒汁，这一晌之欢揭开的是背叛、分裂、杀戮，还有万劫不复。可这样的振振有词，只是为着掩盖我现在的胆怯。我现在想的他妈的只是如何插进她身体而不是其他。

我阔步走向她的房间。手指触到门时，又谨慎起来。这倒不是因为要打退堂鼓。门比平时响得厉害，吱吱呀呀的。她面朝着窗侧躺，向烟灰缸弹着烟灰。她没有转过身来。

“你饿吗？”我说。她摆摆手。“我有点饿。”我接着说。

这和我想象的不太一样。她继续弹着烟灰。我以为我们能很快抱在一起互相撕扯对方的衣服呢。“是不是身体不舒服？”我说。我快站不住了。我授权自己坐在席梦思一角。我感觉把它坐塌了。“别喝那么多。”我说。

“没事。”她的话都是醉的。

“没事就好。”

她没说话，也许正犯着困。

“以后少喝点。”我继续说。我想我的意思很明显了。而她让我难堪。我站起来。“给我倒点开水好吗？”这时她说。虽然最后两个字让人听得不舒服，但我还是将这件事当成是最愉快的任务。

我倒了一半热水一半凉水。水哗哗地往下流，那玩意儿硬到极点。我等它软下来一点，才走回去。我的心脏从没像现在这样跳得猛烈。

“谢谢。”她说。她将毯子扯起来，盖住光溜溜的大腿。

“最近生意还好吗？”我说，又坐在席梦思角上。

“就是那样。”

“我看你也不怎么上班。”

我上班不上班关你什么事，她没说话。我接着说：“别太累。”她坐起来端水喝，喝了一半，又躺下去。“谢谢你。”她说。

“别客气。”

“你知道吗，有句话是这么说的，在错误的时间遇见对的人，或者，在对的时间遇见错误的人。”她说。

“我知道。”

“也许可以这样说，错的人遇见错的人，或者，对的人遇见对的人。但是，对的人遇见对的人时，时机又过去了。”

“我知道。”

“你知道什么？”她坐起来。她的脸色你判断不出来是对你有兴趣还是没兴趣。“我知道。”我说，隔着毯子捏住她的腿。它试图抽回去。我捏紧了。它不怎么挣扎。

“别这样。”她说。

我朝她爬过去。她俯视着我，我想我是条狗。“不要这样。”她继续说。我摸到她的胸脯，我的手本来就大，却盖不住她的胸。它真是个好东西——弹力十足的气球。“不好，”她拨开我的手，“不要这样。”

“我偏要。”

“我现在兴致不高了。”

“很快会高的。”

我扒她的T恤。她可以扯住它，但头部却扭动着配合我将它扒出来。“对不起，我兴致不高。”她说得很诚恳。我扑在她身上，吮吸着她。我快控制不住了。差不多时，我扒下她的裙子和内裤。那里和别的女人没什么不同，但当时我眼直了。我直勾勾看着，直到她的膝盖弓起来大腿也并拢起来。它冒着干净的热气。就像酒醉带来的燥热从这里蒸发出来。我分开她的双腿。“对不起。”后来她只会说这个了。我知道她为什么说这个。她下边干得发烫，即使所有的水都泼上去即使每隔一秒钟泼一次，它也会迅速干掉。这里就是他妈的拒人千里的火炉，就是万无一失的贞操锁。

“对不起。”她说。

“你确实对我没兴趣。”我说。

“不是这样。”

“那是怎样？”

“是我很少会有这种好事。”

“为什么？”

“我不知道，只是害怕。”

“别怕。”

“我不怕，是它自己怕。我恨死它了。”

“别怕，会好的，你要放开。”

“我知道，对不起。”

我的兴致差起来。我算是偷了情，却什么也没偷到。我要走时，她又说：“也许我们可以去浴缸里。”

“家里哪里有浴缸？”

我们还是去了卫生间。我打开莲蓬头，冲洗她，给她胡乱涂抹一些沐浴液，给自己也涂了一些。她借着酒醉哭了。我说别哭了，将她推到墙上。我高出不少，不知道该怎么进入。我不能将她推倒在地。我努力了十几次也没找到窍门，我害怕我们两个摔死了。

“别哭了。”

我吼起来。她果然不哭，捉住我的东西往里塞。她捉了几次，眼看大事将成，我像重病一般叹息一声。那玩意儿跳了几下，涌出稠液来。它就像脓水沿着马口溢出来。我低下头。我们活像两个挫败而又可以互相指责的人。我充满恼恨。“我跟别人可以一个小时的。”我说。

“对不起。”

她抱住我。我们像两条鱼滑来滑去，但她还是努力抱紧我。“对不起。”她说。我不知道为什么同样是羞耻，她的来得还要更强烈些。她可以说“真没用啊”，或者就只是叹息一下，我便会溃败。但她只是责怪自己。嗯。我开始表现得不耐烦，我试图挣开她的双臂。在没射精之前，全世界都是你诱人的胴体以及由这胴体散发出的光圈，但刚一射掉，你便是个惹人烦的女人。什么都没意思，没意思到顶，你让我扫兴死了。

后来在沙发上，她拉我的手，我的手却总是抽出来。她捉回去几次，不再捉了，叹息起来。她老了。虽然她只有二十岁。虽然有的女人要到二十三四岁才像花儿一样绽放，她却已经凋零枯萎了。在不久前她还是新鲜水嫩的豆腐，现在却像隔夜多天，又干又硬。她的毛孔干涩，脑后白发丛生。当水柱冲向她时，我俯视着她。她脚趾过长、大腿粗短，她的腹部已然隆起，像是悬挂的沙袋，不久将因重力而使底部肥厚。她的乳晕发黑。她的肉身自有一种欲望。这并非是性欲，而是那些器官、肌体试图挣脱心灵的约束，恣意地松弛起来。它们之间过于紧张的关系使她又干又硬。

她的臀部肥大松软。这就是被我无限想象的女神啊。她离开我，去房间里接听手机，她对里边说："我没回来住，我在看店。"她出来时，衣服已穿好。

"你要吃点东西吗？"她说。

"嗯。"

"那我们出去吃？"

"嗯。"

"我帮你买回来？"

"嗯。"

"家里还有水饺吧？我做水饺给你吃吧。"

"嗯。"

"你说话啊。"

"嗯，"我说，"我不怎么饿。"

18

直到吃晚饭，她才被小莉拉出来，我宁愿饿着，我住了你们的，还要吃你们的。她坐下，拿起筷子，筷尖朝向自己。我说吃菜，她才去夹盘边的菜叶。“来，吃肉，多吃点。”小莉大声招呼，她却是连菜叶也不敢夹了。最终我们帮她夹了一大堆。

她精神紧张，生怕漏掉任何的问话。可无论我们问的是十几个字几十个字一句话还是几句话，她都只嗯一下，就像海绵，用近乎冷漠的忐忑吞吸你任何的好意。我开始变得不愿说话，也不愿看电视。每当我走到客厅，她都站起来，将遥控器轻放于茶几，走回房。偶尔她来不及站，便缩着身躯，使自己坐得更小。当我走掉，她也不会换掉我刚看过的频道，就是我一小时不回来，她也不换。我像是住在宾馆。举止端庄，气氛刻板，不可能再半裸着自由走动，或将腿架在茶几上一边看电视一边睡觉。地上连一颗茶叶末也没有，春天将这里反复打扫。盥洗池擦拭得像光亮的银器。

“我还是应该交点伙食费。”一次，她这样说。

“你也太见外了吧。”小莉说。

“你看我总是吃。”

“你跟我生分什么？”

小莉有时去她房间，和她聊会儿天。“她偶尔抽烟，有时写点日记。”小莉说。她们已失去原来在校园的感觉，那用粗野义气建立起的关系如今变得冰冷而客套。在台灯下，放着鞋面龟裂但被擦拭干净的松糕鞋。春天说这可能是她唯一的家产。

有一天，这个勤快的人在拼命拖一块沾了油渍的地面时，不小心碰及酒杯。这是小莉精挑细选买回的几只玻璃酒杯之一。我将它放在茶几上，准备回过邮件就去喝。现在它一把栽向地面。春天扔掉拖把，反身跪下，试图接住。她动作如此迅捷，却还是没挡住它摔碎。

“你没事吧？”我说。

“对不起。”

“我是问你人有没有事。”我望着她膝盖之下的玻璃碴儿。

“没事，对不起。”

她站起来，眼神里有东西汩汩而出，但她还是低头压制住这情感。她感激于这只有亲人才有的宽宏大量，但她很快劝自己相信这只是奢望，这不过是男主人遥远的同情或者男人们本该有的大气。有几天她更加不敢看我。现在想来这可能又是她新一轮爱情的开端，因为过了些时日她便蠢蠢欲动，过来测试这种关系是否存在。比如开始化点妆，今日涂抹口红，明日吊颗耳环，后日又改换发型。另外，在沉闷而惯穿的商场制服之内，会不时穿一件艳丽的衬衣，或者低胸T恤。有时则蹬红高跟鞋。每天都会有一样代表着春心荡漾的东西在她身上显现出来，就像一个同性恋男子，只要走在街上，便能让人们从他再正常不过的衣着和举止里发现出某点端倪来。而这端倪正是他想暗示给心上人的。

她生了场病。

她以为会招来同情，却不知这只会增加我的厌烦。嗯唵、嗯唵、嗯唵。她谨慎地呻吟着，节奏缓慢，像是在召唤我。我不为所动。小莉回来后，她为了证明这不是表演，愈加疯狂地哼唧起来。到最后我都怀疑她是不是真得了重病。

“你怎么了？”我们问。

“我快要死了，”她悲啼着，眼泪朝外滚，“你看，都没什么血色。”

“喝点热水吧，我这就去倒。”我说。

“嗯唵，我快死了。”

“那要不要送你去医院？”小莉说。

她摇摇头，自顾流泪去了。我们离开时她重新哼叫起来。她可能在歌唱自己无尽的孤独，我想。房间里像是有条永恒的溪流，流过橱柜、电视、纸盒子以及一切凹凸不平的物质，塞满整个空间，使我们烦躁到几乎要自杀或者杀人。这像农民一样含糊不清虚张声势技艺粗鄙的声音迫使我和小莉先后离开自己家。

她过生日那天，不知从哪里弄来一笔钱，买了威士忌、五粮液、北京烤鸭以及许多奢华到只有上流社会才吃的食物。我请了你们而不总是作为虫子寄生于此，她脸上闪耀着尊严的光芒。她邀请我们浪饮。我们本不善饮，一会儿便醉态百出，第一次表现得像是一家三口。她屈膝挪过来，骑坐于我的大腿。小莉只是愣了一下，也爬过来，跟着一起用食指托起我的下颚。

“我应该叫你什么好呢？”春天说。

“姐夫。”小莉说。

“那好，姐夫，我问你一个问题，我和小莉一起做你老婆好吗？小莉你同意吗？”

“同意，一万个同意。”小莉说。

“你看小莉都同意了，姐夫你说句话。”

她骑着双腿往我身上靠，我挣扎个不停。她饮了一大口爬下来。她都走开了，忽然转过身来。她顿了一会儿，指指我硬起的裆部，像螺旋桨一样加速狂笑。然后她上气不接下气地说一件旧事。小莉想必听过，却还是撺掇她讲。她花了很大力气才算克制住自己，说：“他说，他很久没做了，希望我能原谅；我说，我原谅；他说，你原谅就好；我开始脱衣服；他想制止；我说，你怎么了；他说，你已经原谅我了，我确实是很久没做了；我说，没事；我脱完让他脱；他悲哀地指着自己下面，那里湿湿一团，已经射过了。”一说完，她就撕心裂肺地笑起来。小莉不小心将嘴中的酒喷出来，点燃了我们新一轮的狂笑。我们身上就像绑满炸药，只要谁伸手一指，说“我请求你原谅我”，我们便此起彼伏地笑起来。到这时我才知道笑是恐怖的事，我们的影子在墙上晃荡，每个器官都在震颤，我们挣脱不开笑的苦刑，就快要死在这笑里了。然后我率先戛然而止，小莉跟着停下，只有春天还在作出努力。我感到厌恶。这压根就没什么好笑的。她尴尬的笑声最后像几颗爆竹还在原野孤单地炸响。

两天后，小莉回去看生病的娘，春天在暮色降临之时醉醺醺地归来。这时的她和以前比判若两人，她踩着高跟鞋，穿着低胸T恤、红色超短裙，像是风暴中的树摇曳着摇回家。在乳和的灯光照射下，她涂着浓烈口红的嘴唇微微张开，喷着动物一样的气息。当我从卫生间走出来，她伸出手捞向我两腿之间。我停下来。她将手贴在我的大腿内侧，慢慢往上移动。我的阳具硬得像一根钢棍。我双腿发抖，心里发虚，在她的舌尖就要舔到我耳根时，推开她。

“不要这样。”我说。

她不太相信，继续恬不知耻地过来抓。我捉住那手，说：“够了，我说够了。”她又羞又怒。为了让她明白我不会告诉小莉，我说：“没事，这没什么，这很正常，喝多了都这样。”

我走回自己房间，听到她说：“好吧。”

19

她拖动皮箱，自楼梯上来。她没坐电梯。滑轮触碰台阶，发出难听的摩擦声。在到达家门前时她停下脚步，我不确定是不是这里。门后贴着我的创作计划，已完成的用红笔抹掉，正在进行的用蓝笔标注进度。小莉在它周围贴上各种画着表情的纸条，我爱庆庆、庆庆加油之类。我大小莉十五岁。春天站在门前，开始拨打小莉的电话。

“我想接我同学过来住段时间。”

上周，小莉这样说。我感到不快，小莉搂着我不停地撒娇。现在客人来了。小莉打开门，爆发出鸟叫那样的欢呼。但此人毋宁说已不是她的同学，或者说已被时光折磨得让小莉认不出来了。她灰头土脸，表情悲戚，摆着看起来是讨好的僵笑。她朝我鞠躬，不听劝阻，脱鞋走进我们家。她不确定自己会被允许待多久。在躬身时，她的两只乳房像是朝下跳了一下。作为男主人，我走到门边，将她的行李提进来。

20

护城河缓慢地流淌。也许是我觉得水在流，便会有哗哗的响动。其实一片静寂，风吹出水面的波纹。白天，它是土黄色的，泛着白沫，漂荡着沿途居民抛弃的剩饭剩菜、死猫死狗。现在是夜晚，河面漆黑，但总有一处波纹闪耀着路灯的反光。白沫还是能看见。明早或者明天凌晨就要下一场大雨。

这里只剩我和她。

我们面对着深井一般的远处，一言不发。我一次次举起酒瓶，她有样学样，跟着喝。我的一生毁于那个完全没必要的电话。我只拨打一次，当时她在忙别的事儿，旁边还站着一位吃醋的男人。但后来她对我说："这世上只有你还会来过问我，你在电话里说，对，就这事，专门问问。"

"我没法通过和别人在一起来摆脱对你的爱你知道吗？"她强调道。我因为深陷于这可怕的事实而全身麻木，在电话里说着一些无济于事的话。"没用的，我根本没办法摆脱对你的爱。"她说。我说："早点睡吧，时间不早了。"也许她一觉醒来便冷静了。

第二天她从电话亭打来上百个电话。“够了，我说你他妈的够了。”我甩动手臂，就像那里真的粘着什么动物。我差点踩扁手机，但还是捡起来，重新装好。我既害怕听到它的声音，又不得不依靠这频繁响起的声音告诉自己：至少她现在还活着。“你到底要干吗？”我说。她没完没了地哭。我挂掉电话后她会重新拨过来。她疯了。后来我以其人之道还治其人之身，不停反拨，她一接通我便挂掉，直到她不再接了。我想她有可能去死。“好吧。”我对自己说。

一小时后，她换了一间电话亭打来，说：“我只是好怀念你对我的好。”

“我不想对你好。”

“我知道，我没资格让你这样。”

“对不起。”

她沉默很久才说：“没事。”就像小偷顺着脆弱的绳子从楼上慢慢溜下来，我快安全着陆了。我说：“答应我，好好生活。”她让我听了一会儿心如死灰的呼吸，说：“我会好好的，谢谢你。”

电话挂上后，我被汹涌而至的愧疚淹没。这可能是世上最珍贵最不容亵渎的感情了，这感情泛着原谅、宽容甚至是同病相怜的光芒。但不久她又打过来，说：“我还是想见你。”

“我们已经分干净了。”

“只见这一次，最后一次。”

“你有完没完？”

“只见一次还不行吗？分手后连见次面也不行吗？”

“不行。”

“我求你了。”

“我也求你。”

我挂断电话。我们重复了上一番气急败坏的游戏。最终我说：“好，七点护城河见。”她既不欢欣鼓舞，也不垂头丧气，只是冷漠地说好。她只是一定要达成此事。我给小莉留下纸条：我打牌去了，勿念。我爱你。我在途中买了一打百威啤酒和一瓶敌敌畏。我这就将我的尸体带去送给你。我走得飞快。

她早到了。她试图站起来，看到我气冲冲的嘴脸还是坐回去了。她头发凌乱，神情苦涩，脸上布满泪痕，试图摸我的手，被我掸开。我说：“这是啤酒懂吗？敌敌畏，懂吗？”她惊惧地点头。我说：“你不是叫我来吗？我来了，找我什么事？”她低下头。“什么事？”我吼道。她伸出双手，可怜巴巴地看着我。“抱抱我。”她说。我嫌憎地转过身去。她翻出一个纸团，说：“你知道这是什么吗？”我瞟了一眼。“这是你的精液。”她说。它们如今一定又硬又黄。

“拿到公安局去告我强奸吧。”我说。

“不是这个意思。”

“那拿给小莉看吧。”

“也不是。”

“那你要干吗？”

“我们合二为一过。”

“你这样的伎俩让人恶心，”我站起来，“还有别的事么？”

“我想来想去，我还是爱你。”

我就知道会这样。我摇晃着敌敌畏，说：“我这就去死。”她拼命摇头，我不是要你这样，我只是要你爱我。“我死给你看。”我说。她跌跌撞撞爬过来，抱住我双腿，我怎么拔也拔不出来。她的眼泪糊了我一裤子。我想这时天上有人，一定能慈悲地看到我孤苦上视的目光，一定能看见我被箍死在大地的双腿。“你别喝。”她啼哭着说。我拖着她走到椅边，将敌敌畏放下去，拿起一瓶啤酒，咬开瓶盖。

“你的酒量是几瓶？”我阴阳怪气地问。

“五瓶。”

“好，”总共十二瓶，我将多余的两瓶抛到河里，“你五瓶，我五瓶。”

“好。”

“一醉解千愁。”

“好。”

“那你坐下来，我们喝。”

各自喝到第四瓶时，我将剩余两瓶的瓶盖也咬开。“这是最后一瓶。”我将它们各倒了一半，又倒进去敌敌畏。那恶心的味道飘到我鼻孔。我酸楚起来，说：“只有这法子了。”

“什么法子？”

“不求同年同月同日生，但求同年同月同日死。”

她只是惊愕了一会儿。

“我没办法和你在一起，只能下去，”我晃荡着眼泪和鼻涕，“我没办法，春天，你知道吗？”

她强颜欢笑。或许是耻笑自己，或许是苦笑这命运，亦有可能要装着为有这样一个多少还算说得过去的结果而开心。她抓起第四瓶酒狂饮。“死就是那样，就是一下子，”我喝得稳重多了，“可能有点痛苦，但也就三四秒的事情。”

“就像被打了一拳，我们晕过去，晕过去就不再醒来。”我接着说。

“对不起。”我继续说。

“对不起什么？”她总算回答了。

“我不能在阳间照顾到你。”

“我不怪你。”

“到下边去，我对你好一点。”

“嗯。我会对你十倍好。”

“我厌恶这世界。”

“我也是。”

“我可以一个人去。”

“我一个人去吧。”她的眼泪再也控制不住。

“我们一起，”我说，“你过来，让我抱抱你。”

我张开双手，她摸索过来，跨坐在我身上。我们紧紧抱着。她的身体一直抽搐。我不时抓起酒瓶喝一口，她也这样。我泪流满面，说：“我并不爱你，但对你怀有亲情。我下去再好好照顾你，好不好？”她哭出声来。我说：“别哭。”

“嗯。”她庄重地说。

“喝完这瓶，我们就走。”

“嗯。”

“你先来。”

“嗯。”

“你先走。”

“嗯。”

“我随后就来。”

她可是将我抱了又抱，吻了又吻。我摇头晃脑，看起来悲不自胜，对社会充满了恨。她喝光第四瓶，抓起第五瓶。这啤酒瓶子和敌敌畏的颜色是一样的琥珀色。她喝了一小口便弯下身子呕吐，但她还是再喝了两大口，确定再喝进去一些。我也举起第五瓶。她看看我，抱着头，跌跌撞撞走开，几次要跌倒。不一会儿便口吐白沫，眼也像失明了，伸出双手摸索。我放下酒瓶。她晃到河边，颤巍巍地站在防洪墙护沿上。她曾转头看着一棵树，也许她觉得那是我。最终她哀鸣一声，栽进冰冷的河里。

我望着道路、斜坡和远处的小区，我家灯火已明。她沉到水底了。我还以为需要将她推下去，但她自己跳进去了。我将属于我的第五瓶以及我喝过的所有空瓶子都找出来，一一丢进水里，然后背脊发凉地坐在长椅上。她沉到水底了。河面漆黑，远方如深井，世界寂静，就像个口袋。她沉到水底了。后来我听见一阵微小的拍打声，就像从遥远处传来一阵上木梯的脚步声。我跳了起来，跑过去，看见春天的双手够到防洪墙的水泥护沿，不停颤抖。她身上挂满水草和污物，往下滴着水，她连抬头的力气都没有，呼吸粗重地喷出来。因为疼痛，她交换使用着双手。我准备一脚踩向那猛烈颤抖的手，最终停在半空。何必多此一举。不久，她果然支撑不住，又掉进河里。

发光的小红

周公恐惧流言日，
王莽谦恭未篡时。
——白居易《放言》

此奴终身发轫之始，不可草草。价由母定，客则听奴自择之。
——蒲松龄《聊斋志异·瑞云》

“我已经老了。”

他一直揉搓脑袋，打过摩丝的头发乱成一团，不久，一滴黄泥似的泪水从他眼窝下深重的褶皱里滚出。在昨天的面试会上，他戴着粗金项链、鸽蛋大的钻戒，以一副我养着你们的气势扫视众生，对我说："我知道你好赌成性。"今天却像条可怜的狗蜷缩在我面前，反复说他老了。我觉得我他妈才是老得不成样子了。

他说："这件事至今还让人不敢相信，却是确切地发生了。"随后他跟我讲了这件事。

二十年前，天空比现在还粗鄙，整个社会充斥着炫耀的气息。我是一名清瘦的诗人，将自己养得又穷又倔强，不过在终于有重金意外掉下时，还是沦陷进去。宁波商人胡海云仅因为在《诗刊》上看见我的一首长诗，便派司机千里迢迢来接，让我给他写一部传记。我允诺了。

这是一名让人不寒而栗的司机。个子粗矮，右眼皮留着疤痕，黑黄的脸坑坑洼洼，像是有不少肉虫随时要钻出来，而且后脑勺处有块斑秃。他不吭一声，敲开我家的门。我问是不是胡先生派来的，他点头，然后带着我飞驰。他一直专注地把着方向盘，看前方，我怎么说话他都只慢腾腾地"嗯"。如果不是车辆显得气派，我会以为他是将我拉到屠宰场默默杀掉。

胡先生的庄园建在离海远点的乡下，将一座山包围起来，山上的水坝将湍急的水流稳重地分成五道，从雕成龙口状的管道放出，砸落于底下水潭。园内植有大量青竹。在夜晚，琉璃瓦上的彩灯点亮，配合法式街灯，使竹间的小径犹如梦境。沿石径走，穿越拱桥，便会找到一块半个球场大的露天剧场。可以放电影、办舞会，也可以聚赌。就是在那里，我的一生开始毁灭。

我以为胡先生会像电话里那样热忱，老远出来迎接，但是到达他的办公室前，我被命令等一会儿。大约二十分钟后，他送客出来，才顺便握了下我的手。“我是——”还没等我介绍完自己，他便松开手，转头说：“娟，招呼一下他。”然后走回办公室。这让我几乎马上要离开。这些老板就是这样，习惯于将任何人当成棋子安排，一旦谈妥，全无尊重。但我还是跟着他的女秘书走了。我得说服自己是来赚一笔可以养我五年的钱的。在那书房果然摆着五万元订金和三条中华香烟，当然还有一堆关于他和紫檀的报道材料。

“你吃和住都在这里，写到什么时候都可以。”她说，然后走了。她穿着海关制服一样的白衬衣（带软肩章），扎蓝色短领带，没有系胸罩。因为是个呼吸和说话都急促的女人，乳头总是大规模挺上来。当她转身而去时，套裙下的长腿像豹子般迈开，高跟鞋极有节奏地钉向瓷砖地面。如果不是眼睛沾染上他的傲慢，脸上也扑许多粉，她一定是可爱的女人。诱敌深入又拒人千里，我这样想。

第二次见胡先生是在食堂。我一直在这里吃，以为是安排下人饮食的场所，这天见着才知是他的禁脔。他拉着当地日报总编的手，介绍大厅的巨画出自张大千。进包厢后，我们便见墙壁挂满他与各种闻人的合影，其中一位说来颇让人不安。“你现在坐的位置就是当时他坐的。”胡先生说。总编腾跳起来，被胡先生按下去。

很难想象，这些燕窝、鲍鱼也是那个粗鄙厨师做出来的，他平时也给我做些普通盖饭。胡先生拍着厨师的肩膀说："这是我多年的随部。"这正像胡先生抽的烟，仍是一块八一包的大前门。"重情。"总编竖起大拇指说。

"是顺手了。"胡先生说着，将手插向女秘书领口，"不过这个还是新的好。"女秘书将他的手打下来。但在我蹲下去捡筷子时，看见她的手插在他拉开拉链的裤内，像蛇一样游泳。后来，我终于说："胡先生，如果有时间我们可以聊一下么？"

"聊什么？"

"我写传总得和你聊一下的。"

"你就随便编，别问我。"

他大手一挥，将它搭在总编肩膀，哈哈大笑，后者虽毛骨悚然也赔笑起来。我不知他们笑什么，心想编吧，倒撇脱[1]。但他似乎猜出来，指着我说："你要编不好，剩下的五万就不给你。"我告诫自己不要开口，我就怕自己一激动站起来说："连这五万订金我也不要了。"但我的眼睛分明因为自尊受伤而鼓突，脸色也红了。司机拍打我的肩膀，说："你怎么这么不懂事？"他说得极为严肃，就像要将我镇压得死死的。这是此前此后我在庄园听到他说的唯一一句话。我想他过去可能是黑社会的，对忠诚有着粗硬的信仰。

国庆将至时，我习惯了这里的生活，任务也完成得差不多。庄园上下开始布置。竹子扎上彩纸，小径边摆花盆，一条绵延的红地

1　撇脱：南方多个地区方言，意为"洒脱，干净利落"。

毯从门口铺到露天剧场。司机开大巴接来一支纯女子乐队，她们穿黑色长裙，提着松黄色的大提琴、小提琴、长笛，像鸟儿一样散开，又聚拢，坐在竹林深处演奏。不久调酒师、灯光师以及其他人等也赶来，将此地弄得像巴黎郊外上流社会聚会的庭院。十一当天，那个叫娟的女秘书穿着红得发紫的旗袍挽着胡先生，一整天站在庄园门口，像女主人那样面带职业微笑（这是她心底真实的微笑，因此比一般职业微笑还要用力），欢迎那些自己开车或由刘师傅接来的贵宾。他们或从政，或从商，或琴棋书画颇有声名，或高居山庙是众多女人心灵上的父，穿着温文尔雅，走来走去，来回碰杯。

而我不敢到案台取走一杯。假如酒保问，我定然没法解释，说起来我是客人却更像下人，穿着一件有点皱的衬衫。我想回书房修改作品，却耐不住喧嚣，这样站着又尴尬。是日报总编路过时将我肩膀挽住，他什么也没说，仅以肢体语言表示，不要害羞，这是你应得的。我因此取到一杯像桃汁的酒。我很感激这来自长者的庇护。在他消失于一堆人中时，我靠在树上，静静地饮。这酒有很多盐粒，咸，喉咙内却像有火柴擦刮着了。我觉得它可能是配料而不是酒。一名看来只有二十一二岁的年轻人走来，斜着眼说："你喝的是玛格丽特。"

我默然以对。他用手指弹弹我的杯子，继续说："用龙舌兰酒配的，是给——"然后将这只手收回，插进裤兜，另一只手继续举着红酒，带着诡异的笑容走掉。在碰见熟人时，他悄悄指我，那人目光便循着过来，看我手中颤抖的酒，他们相视一笑。因此我想这酒可能是喂狗的。那公子叫索寰，长得标致，鼻梁高挺，每根发丝都像用顶级梳子梳理过。我觉得他越漂亮便越轻薄，我的愤怒便也越多。比这愤怒来得更多的是自卑，我充满误入的耻辱。

聚会一直进行，仿佛要终止时，又有新的高潮出来。娟像一只红色野雉在黑色的身影中踏来踏去，有时谈着谈着声音猛然变大，张着紧密的牙齿放浪形骸地笑。我觉得她就是在火熄灭后将它吹燃、在大家沉默时拼命挠痒的那个人，累而满足。有一次，她对着远处的乐队点头，一只大号凌烈地吹响，她猛然半歪身子，将双手交叉摆放在胸前，一动不动。这是她的终极演出。她像迈克尔•杰克逊在布加勒斯特舞台上那样静止不动，耐心等待所有人，等他们的期望积压得不可排解时，才会祭出下一个（或下一串）动作。那必然狂野而爆裂。但这时四周出现一阵窸窸窣窣的声音，像是有不少老鼠匆匆奔过。是坐着的人在转动屁股，站着的人踩过草丛。

最后一对客人正缓缓走上红地毯。一位上了岁数的女人和一位年轻的女子。我感觉心脏被枪击了。年轻的女子穿着白色露肩无袖拖尾长裙，戴绛红色长手套，皮肤比衣服还要洁白柔和，就像一团静谧的雪或者一束光飘过来。有一阵子，旁边的女人拉住她，我们便见灯光在她长睫毛和高鼻梁下制造出神秘阴影，这时如果不是她的脸皮微微颤抖，左手紧握右腕，胸脯也随着呼吸急促起伏，我们会以为自己看见的是一尊只应远观的雕塑。挽着她手的人应该是她的母亲，或者说是仆人、看守、狱卒。后者狮背熊腰，仰着头，紧扣宽大的唇线，露出粗野的鼻孔，正像老虎那样警惕地看着大家，仿佛知道大家都是什么人。

这个女儿总是低垂眼睛，畏葸不前。这是我第一次在美人身上看到谦卑，甚至可以说是凄楚。一种根深蒂固的凄楚。就像她亏欠着大家什么，她一直明白自己亏欠而大家还不知情，她感觉没有资格与我们为伍。我仿佛听见她内心的声音，像沉下海去的绝望的手，或者被马车拉到天边的哭泣，因此在猝然间爱上她。我对这样一个无法企及的她怀着巨大的悲悯与同情心，想拢住她肩膀，护卫她，永远不让她经受风雨。而别人呢，目瞪口呆，集体性精神干渴，觉得自己在尘世生活过长，是块干裂、可鄙的土地。

不远处，音乐稀稀落落响几声，穿红旗袍、皮肤焦黄、身材好而一直僵硬的娟，像是在默片里做了几个破落的舞蹈动作，气急败坏地走掉。没人理她。

“这是小红，我的外甥女。”胡先生拉着年轻女郎的手说。女郎旁边的母亲低下高昂的头，摆出一个恐怖的笑。胡先生松手时，小红的手像受惊的鸟儿飞回巢，悄然缩在身后。她对我们鞠了一躬。好一阵后，大家才回过神，匆匆举杯聊着，却不知道聊的是什么。

娟像是被打了一棒。她再次出现时极其狠毒地看了眼小红，一定是用目光搜遍对方，想找到一处缺陷，却是更加惶恐起来。她拉胡先生的胳膊亲昵，被甩开（就像要将她甩到泥地里）。接着她讨好地缓缓蹭上去，问：“你还爱我吗？”胡先生用极其陌生的眼神看着她。

“难道你不爱我吗？”

胡先生厌恶地走掉，她待在原地出了眼泪。她意识到出眼泪了，还凄惶地笑，却是有人安抚时，忽而爆发出莫名其妙的委屈，拍着桌子哭，声响大得像是示威。胡先生老远问："怎么了？"她只是哭。胡先生便将杯子掷向假山，快步走来，揪起她头发，"滚！"她像个猎物挣扎。他便将她丢下，用脚踩。像是觉得自己的脚不够脏，他去土地上蹭了几遍鞋底，回转身再踩，直到将旗袍踩得满是土印。"你跟我外甥女斗什么斗？你跟一个五岁就父母离婚的女孩子斗什么斗？"他吼道。正是这吼声使我明白为什么在小红眼里会隐藏那么大的怯懦与哀楚。我的心开始收紧。此时小红坐在远处，隔着手套缓缓拨弄指甲。她是低着头的，却知道有人看她，悄悄偏过头，像一只极其安静的猫。

胡先生走后，无人再敢理娟。她爬行一段，站起来，跌跌撞撞消失了，后来几天都像被扒光的鸟翻着可怖的眼白，待在角落不时嘶鸣。小红曾试图示好（也许是路过），这个神经质的女子便凶狠地吐痰。小红提起长裙，按照原有节奏走过去。

十一当晚，乐队缓慢演奏，剧场中央循环投影小红从小到大的照片。除开最后一张，全部是头像，全部是一种歉疚、哀楚的表情。最后一张是全身照，小红穿着黑色芭蕾服，踮着脚尖，挺胸仰头，将双手藏于背后绵密的羽毛中，像拉满的弓站立在镜头前。大家端着杯，借着路灯、廊灯、彩灯、地灯走来走去，不经意看上几眼，累了坐下吃点心。忽然，音乐的节奏加快，就像从远处山谷闪出一支庞大的马队，蹄声一次比一次迫近，跟随着的是投影机飞快地转动。小红一次次长大，一次次变回襁褓时期。大家像被鞭子抽到，惊惧地站起，仿佛看见乐器一只只炸飞，机器因为承受不住而猛烈燃烧。啪。灯光熄灭，音乐声戛然而止，投影定格在最后一张照片上数秒，也消失掉。四周死一般黑，就像汽车驶入隧道猛然刹车，到处都是沉闷的呼吸。

几十秒后，同样是啪的一声，一束灯光像炮弹从后方天台射出，穿越一只手后，打在舞台中央的白墙上，留下一道曼妙的黑影。小红穿着那件裙子，埋头蜷缩在舞台，举着失去手套保护、孤零零抖着就像是第一次独自出来猎食的小动物的手。说起来这真是一只好手，像被温热的牛奶或者新鲜的山泉浸润过无数遍，又被暖光烘得透明、鲜嫩、光滑、洁白、温顺、妖娆、神圣，同时无尽合适。它不能再长了，也不必再短，只有像这样，它才会无休无止像清凉的风探进每人的心脏，攫紧每人的灵魂，使人们既不是因为痛苦也不是因为喜悦而哭泣。我已忘记舞曲的名字，只记得它每次起舞时都带走我们内心最深的期望，每次降落又召唤我们走向飘满大雪的幽静葬礼。它跟随它的主人，犹疑、痛苦、挣扎、尝试、飞跃，我相信正是因为她逐渐强大的自信（或者说是对艺术的全然献身），这双手爆发出巨大的奇迹：在它们翩然滑过时，黑暗的空中跟着出现一道绵延、流畅的光芒，流光溢彩。我们正沉浸其中，无以释怀时，它们猛然平摊打开，光芒随即跑上去，使它们成为发光体。而她笔直站着，颈部和下颚不停抽搐，脸上像被泼了一盆水那样长时间抽泣着。随后灯光隐灭，剩下我们的心灵在无尽沉默中穿行。

很久以后，当往日的灯光和乐声出现，掌声才响起。大家无以酬报，唯有迫不及待让手参与到这心灵的契约中。这时那名司机显得多么讨厌啊，他蹲在角落啄吸香烟，不时咳嗽、大声吐痰，就像一个实打实的聋子。一会儿，胡先生走过来，人们拥过去祝贺，其中一位问："有没有男朋友？"胡先生说："我正要说这个。"他取过话筒，对着它吹几下，以极大的声音接着说："我今天请这么多亲朋好友来，就是想为小红挑一个配得上她的男人。"底下随即出现隐秘的骚动，胡先生沉吟一下，颇为压抑地说："所有人都有机会，包括那些我请来工作的人。"骚动声便全然爆发出来，甚至出现呼哨。

"一切尊重小红自己的意愿。我会给机会让你们接触，也给机会让她接触你们。她会选择好属于她的一生的伴侣。她懂的。"他这样补充，意外地哽咽起来，就像是她真正的父亲。他强调，不要轻易承诺，如果承诺，就必须做到；应该承诺的是，你能在她年轻貌美时爱她，也应该在她年华老去时爱她；能在她顺风顺水时爱她，也应该在她落魄潦倒时爱她。我相信是根植于血缘的深刻柔软，以及小红不幸的家庭现实，使这个世故商人说出如此煽情又空洞的话。虽然他明显看起来喝多了。来到庄园的男性都觉得没有比这更容易的事，这简直是将她白送出去。"我强调是所有人。"胡先生的话让有权有势者蠢蠢欲动，也让我跃跃欲试。我仅仅为着拥有这不带门户偏见的机会而对胡先生生发出一种卑贱的感恩。我想如果可以，可以终生报效他和小红。但仅过一夜我便清楚，一只名贵宝器，它在拍卖交易所以零元起拍，所有人包括贩夫、走卒都有机会，但是一个上午过去，竞价抬到百万甚至千万，有资格参与的便只能是少数人。

次日清晨，我在一阵激昂的广播声中醒来。是一家我们熟悉的电台在播放昨天庄园演奏的交响乐。主持人温存地说这是化名为Z的先生献给小红的。如果只有这一首，我会认为只是一个情种在连夜排队打电话，但接下来整整一上午，电台播放的所有乐曲，包括巴赫、莫扎特、柴可夫斯基，都是由这位Z先生点的，由此我想到巨大的钱与权势。

这是号角。那些彼此观望、按兵不动的人一个个焦灼地往外打电话。此后一整日，庄园里运进各式奇物，有黑而锃亮的钢琴、比小红穿的还华贵的白裙、好几箱精致的芭蕾舞鞋，也有海景别墅模型及代表产权的金钥匙。一次，一辆粗笨的卡车遥遥驶来，装载着一座因为过于红而显得紫黑的山脉，人们奔去看，才知是堆积的玫瑰。来自花茎和花瓣的清香阵阵涌来，使人恍如葬身大海。我紧张地看着小红。这会儿我就像总统套房的清洁工，或者高尔夫球场的建筑工，身在其中，却被粗暴地提醒身份。由此而来的是愤怒。我时刻等着女神臣服于世俗的财富游戏。我从未想到属于人类灵魂深处的爱情（这唯一庄重的领域）会被诠释得如此恶俗，而且看起来难以抵挡。那些财富拥有者正在疯狂追加筹码。她正在被不停议价。这样的价格以一千元一万元体现会显得粗鄙，但等它涨到几十万上百万足以媲美一个普通家族几代的财富时，它就让心灵不那么顽强了，她的神经就会被软化、摧垮。说起来她舅舅很富，却并不意味着她也很富。爱情这玩意儿也不是上帝仅仅赐予穷人的，它也属于富人，富人就是这样表达着他们的爱情观。我抱着头，痛苦地看小红。她由母亲陪同，静静穿行于庄园，摩挲着令人赞叹的礼物，像西方人那样将手捉在腰边，带着礼貌的笑容轻轻屈膝。我随时等着给她下结论，而她始终保持着这稍显冷漠的礼节。

只差一件一锤定音的东西罢了。

试图得胜的是索寰。这位数笔丰厚遗产的继承人，像挽着缰绳的骑士，将一辆奶白色礼车引入庄园。夜色下，两个仆人搬下沉闷的保险柜，将它在长圆桌上打开，那些来自古今中外的大小饰品便争先恐后地放出光芒。每当有一件取出，大家便惊呼一声，到最后一颗鸽蛋大的钻戒被摆放出时，四周因为惊愕鸦雀无声。它是天空中最灿烂的星星，放射辉煌而脆弱的蓝光，就像静止不动的深深苍穹，或者屹立于悬崖的瓷瓶。它让人们控制不住自卑的心情，像臣服真正的君王那样臣服于这有着十二个侧面却不说话的它。

“来自南非。我想，它只应当属于小红。”索寰侧过脑袋向小红的母亲介绍，后者眼睛发痴。这是这张恶狠狠的脸第一次出现可怜兮兮的表情。她恳求着看了眼女儿。小红正紧紧捉着手（她又戴着那只绛红色手套），一动不动盯着它，不一会儿，仿佛受到什么巨大刺激，一颗眼泪从她眼窝迸出。这和她在舞蹈最后时刻的陶醉是一样的。她松动了，整个灵魂因为出现贪婪和占有欲而濒临散架。但她还是强撑着默然走掉。四周发出低叹，像有一阵雪吹落到地上。

索寰脸色苍白，不过马上明白这是女人的矜持，重又开心起来。

我孤独地走向书房。我有很多话要跟她说，这些话庄重、浓烈、深情，连句末的感叹号也应该读出来，但它们现在只能永久地憋回去。这里不属于我。可耻的是，在回去的小径上，我还听到小红在接受一个熟悉的声音的献词。日报总编拜倒在地，攻击庄园里每个献礼的男人，然后大声咏叹爱情。他歌唱的，就和我想歌唱给她的一模一样。这个人年纪很大，有家有室，我一度对他很尊敬，现在却猥琐如斯。我又觉得假如说这些话的是我，不是一样猥琐么？还有小红，她端着沉静的面孔毫无择别地接受这些不也猥琐么？后来总编终于哽咽，我想，这他妈是个什么世界，人们为什么会这么贱？小红母亲用脚拨开捧着小红裙角的手，哼哼地带走她。我回房疾书，将传记草草收尾。

次日一早，我拿着书稿匆匆走向胡先生办公室，却在穿出竹林时撞见小红从拱桥走下。我想退回，又想走过去，最终像被下了咒呆住。她低着头，眉头紧锁，脸色通红，正小声嘀咕着，而她的母亲大声说："你怎么这么不听话？"她轻轻摇头，好像忍受着极大的痛苦，她的母亲则不依不饶，"你这样怎么对得起你舅舅？"凶狠的样子就像老鸨对待一名雏妓。也就是此时，她抬起头来。这张脸就像她初来庄园时一样，充满悲苦，好似染了严重隐疾的病人，心灵深陷于泥沼。我再次被这气质所撼动，心灵震颤不已。在她们走过去后，我猛然喊："所有人爱的都是她的容貌，只是将她当成玩物，你为什么还要将她往火坑里送？"

“难道你喜欢的不也是她的容貌么？”她的母亲轻蔑地说。我鼻孔张开，呼吸紧促，眼睛蹿着愤怒的火苗，却说不出话。小红回头看了一眼。那眼神既有审视的意思，也有些微感激，最终收走时带着犹疑。就像我最终也不值得信任一样。但这已足够了。我找到胡先生，撒谎说稿子还需修改，却是在他问还要多久时，老实地说只需一周。他将草稿丢进抽屉，说：“那好，改完结钱。”这让我很后悔。

此后数日，我待在路边或窗前，眼神忧虑地看着。有时她一路走过去，有时则张望一下。这张望让我意识到彼此心里已有了契约，所差的只是走上前去倾吐。但这一步如何走折磨着我。我束手无策，归罪于她如狼似虎的母亲（这样跟着，小红怎么可能找到自己要的爱情），但其实她就是不跟着，我也无法接近。我开始为自己的懦弱悲伤。在止不住对镜自视时，又觉得这是自作多情。不说财富，单论相貌，我也差索寰很多，就是与这庄园里的大多数人比，我也没有特别的地方。我究竟有什么资格博取人家的爱情？

傍晚的景色加深煎熬。天地模糊，像有很多分子掉下，远山变成深沉的黑色，在它们背后是太阳暗橙色的光芒，就像有艘巨轮在那里缓慢地下沉。只有一两天可待了。我焦躁地走来走去，几近精神崩溃。这时小红恰好离开一个肥硕的商人，独自抱着一大捆花走回去。

“离开他们。”话冲出口时，连我自己也吃惊。她连退两步。但我好像受到这勇敢的鼓励，继续说，“这样下去，你不过是他们饰品的一部分，是他们的一枚钻戒、一件皮尔卡丹、一瓶XO，甚至是一条宠物狗，值得炫耀的宠物狗！他们找你，就像找一件为自己长面子的物品。当有一天你长不了面子时，他们就会像丢块抹布那样将你无情地抛弃。”她诧异地看着我，低头绕过去。我却像魔鬼紧跟着。那个傍晚，大家休整完毕，正从房里走出来吃饭。我感觉目光像密集的箭射过来。就是这样一个请来的下人、一个穷困的外地佬也迸发出可笑的爱情，在紧紧跟着庄园的女神。他们一定这样想。她似乎也这么觉得，暗自加快脚步，甚至是有些狼狈地跨上通往居室的台阶。

在阴暗的楼梯道，我停下脚步，将羞愤一股脑儿宣泄出来，说：“没有人会怜惜你，没有人像一位父亲、一位奴仆那样为你守护终生，没有。”

“是，是没有。”

她回答我，然后快步走上去。她的声音低沉、哀伤，就像整个声带都浸在痛苦的浆水里。我相信她不是在还击，而是真的承认这是事实。在她的身影完全消失后，我全身乏力，很久才像只老鼠那样沿着墙壁慌张地窜进食堂。在今天看来，这都是一件莽撞的事情，我在心里培育她已久，就像她是由来已久的爱人，因此说话时就像和心里虚拟的她说一样，却不知现实中她连我的名字都不清楚。

我坐在食堂最边远的桌子边（待会儿厨子们过来吃的地方），埋头吃饭，那些贵客高声喧哗，彼此劝酒，间或压低声音议论。我不知道议论什么，却听见议论结束后大家一起爆发的笑声，因此猜想我是那个笑话。我的脸因此发热。而就在我要离开时，索寰端着一只空杯子走来。他年轻的眼睛温柔慈爱，嘴角挤满和善的笑。所有人的西服都是为着遮掩某种局限，于他却是彰显健美的身材。他真好啊。他走来，像武侠那样坐如钟，将空杯摆到我面前。

“我不能喝的。”我歉疚地说。

“没让你喝酒。”他高扬手臂打了个响指。那后边的人们便停止讲话，看过来。接着他喊道：“服务员，上醋。”

“上醋干什么？”这可能是我问得最蠢的一个问题。厨子忙不迭送过来一瓶醋。“给他满上。”索寰指挥着厨子给空杯子倒满醋，然后抬头说，“我听说有人要吃醋了。”我的脸瞬间红透，就像有一根点燃的火柴被扔进汽油。这是很幼稚的进攻，我却完全受着这幼稚的伤害，感到羞愧难当，像是被当众扒光了衣裳。索寰一直静静看我，好像科学家静静观察试管里的虫子，细细观察我脸部的每个细节，忽而又抽风一般向后仰，整个身躯筛糠着，从喉管挤出一阵抽紧的笑声。他这样笑得没力气了，又冷静地看我，说：“祝你成功。”如果这时有一把刀，我会毫不犹豫捅死他。但我一直坐着，看着他颠儿颠儿地走回他的阵营。他们对他投来赞许的目光。我决定无论如何也要将小红得到，拉她的手，傲慢地走过庄园。我当时是这么发誓的。因此站起将醋饮了，笔直走出食堂。

夜晚在露天剧场有一场舞会。宾客们穿燕尾服，打领结，半鞠躬，伸出会说话的右手，像一堆乌鸦整齐地围住小红。她笔直坐着，露出窄小的肩膀和柔弱的背部，头发是梳起的，银环缠住发髻，耳垂戴着繁密的绿色耳坠，雪白的长脖子上则挂一大一小两根项链。她显得手足无措。后来是胡先生过去耳语，她才从羞涩中逃脱出来，挽住一只。那得奖的人便点头向四周致意，然后用右手将小红戴着手套的左手提到耳高处，优雅地退步。音乐随即奏响，灯光紧紧跟随他们。这时她的表情还是犹豫的。此后好几个和她跳舞的人得到的也是这待遇。

我没有勇气过去，衬衣最下边的扣子掉了。我坐在角落像狼一样盯着她，就像一位丈夫痛苦地看着妻子陪官兵们跳舞。我身边是娟。白天时，她幽灵一般跟随胡先生走了一路，后者连脚步都不停一下。现在她画着浓黑的眼影、绿色的口红，脸上像僵尸扑着很多粉，戴着粗鄙的耳环，正像死人一根接一根地抽烟。

在索寰邀请到小红后，我的心陡然下沉。这个身高一米八的瘦长男子和这个白皙的女子天造地设，一进入舞池，四周的声音便停下，甚至那些正在起舞的人也自觉转移到角落。索寰霸气外露，怀着深刻的自信试图将小红的舞步带大，两人因此不协调。但当索寰低声说了句什么后，她跟随他的节奏应和起来。这让我极其痛心。如果肮脏地想，这就像性爱中沉睡的女人苏醒过来，正以比他还热烈的动作回应着他。有一会儿他们猛然贴近，他对她耳语，在分开后我看见她爽朗地笑，眼光也是亲近的。“她既然跳得这么熟练，也笑得这么露骨，那就意味着她本质上就是这样的人。”我将眼睛紧紧盯住她的面孔。这会儿我倒不是为着发现她的什么放荡，而仅仅只为着放射出仇恨、蔑视的利箭。无论她朝哪个方向旋转，那恶毒的目光都会追随过去。

她陡然发现这恐怖的目光，惊诧了一下，在重新看见我时，已然没了那喜气洋洋的模样。她像是被打击到，有意识地低头，又总是不放心地瞅过来。我因此柔和起来。我知道我早已进入她的内心，她正害怕这不得不进行的行为（跳舞）会伤害到我纯真的情感，使我自动离开她。她可能正是这样想的！可当这一曲消隐，当索寰拉着她的手将她留在舞池，她又几乎没做什么推辞便应允了。在等待的空当，她明明是背对我的，却偏过头来苦楚地看我一眼，而一只手又是搭在他肩膀上的。这是一个什么场景？这就像《呼啸山庄》里任性贪婪的凯瑟琳·恩肖，既因为虚荣不愿意放弃英俊、年轻、活跃、有钱的埃德加·林敦，又因为某种骨子里的东西爱着希斯克利夫。她觉得嫁给希斯克利夫是自降身份，却又在灵魂深处渴望希斯克利夫保持对她的爱。

然后灯光暗下，教堂的钟声从远处传来，一束灯光从上空像飞雪慢慢洒下，笼罩在他们身上，使她的面庞边沿起了一层类似茸毛的光圈。他礼貌地褪下她的绛红色手套，那手便再次像光闪耀在众人面前。有个仆人端来一只波斯盒子，他将手套搭于仆人手腕，然后轻轻翻开盒盖，让左手的拇指、食指像镊子一样小心夹出那只南非钻戒。她的手从袒露之时起便颤抖，总是需要他轻轻捏住，在他试图将钻戒套向她中指时，它开始逃避——如果它果断撤下去并给他一记耳光那多好啊。但在他躬身吻了一下后，它便温顺了，像鸟儿缩在他手心。这从来没人碰过、摸过、握过的手如今被一个有钱的人占有了，而我近在咫尺，被彻底遗忘了。

他将戒指慢慢套向她的中指。她的手重又颤抖起来（这因为激动而颤抖的手啊），大家都看到这漫长的戴的过程。索寰像长者那样耐心地等它安静，最终使戒指固定在它的根部。人们心里都像被抽了一鞭子，但还是鼓起掌来。索寰高仰头颅，睥睨天下，而她痴怔着，脸上挂着泪花。这是难过，我判断出来，这是因为过度幸福而出现的难过。她就僵立在那里，享受着她的难过，就像站在几十年后享受今日这一刻一样，享受着现在的难过。

这类女人，从本质上说都是男性的附属物，从原始社会开始就是这样。她们没有足够的能力获取粮食和水，因此渴望庇护。这就是她们热爱毛发茂盛者的缘故，茂盛的毛发意味着在竞争中突出的力量。她们喜欢已知、成熟的保护，而对那些未知、不可测的美好的可能性则不抱信任。这是她们的经验。这也是为什么我们看见很多美女嫁给秃顶肥肚男、宁愿成为一个玩物的原因。这一切都因为安全感。

现在她为着这钻戒哭了。少说也值几百万吧。而像我这样的人，一年下来的收入恐怕连给她买件衣服也不够。他拍着她的肩膀，试图劝慰她。她却淘气地越哭越厉害，以至肩膀出现明显的抖动。她的母亲和舅舅站在一旁亲密地看着他们。她不再看我，就在她可能想起要看我时，自己又将头低了下去。“你没什么好羞愧的。”我想。

音乐重新奏响，是一阵欢快激越的舞曲，人们像孩子扑向海水一样纷纷扑向舞池。我站起身，准备跑掉。但这时突然看见娟那比我还恶毒的眼神，她正在仇深似海地咕哝脏话。我将手伸过去，她毫无反应。我索性蹲下，像守着一个呕吐的人那样守候着，我看见她不耐烦地挥挥手。那意思是你算什么东西。我勉强说：“她真做作。”娟仍旧低着头弹烟灰，一滴泪掉在地上，像花瓣一样炸开。她刚刚就已莫名其妙流了很多眼泪。我叹息一声，起身走掉，她却猛然拉住我的指尖。她的手又硬又凉，就像一根浸湿的木头。我既不兴奋也不害羞。她整个人也像是放在冰箱隔了夜的豆腐，散发着僵硬的气息，我感到憎恶，但还是由着她将我带进舞池中央。人们停下来看，小红也看见了。我不用看她，也知道她看见了我。虽然我跟娟只是临时性的舞伴，但这一刻，我感觉自己就像永久上了这条陌生、可憎的船只，而永远地与小红再见了。我有多热爱小红，就有多厌恶这个舞伴，却像块赌气的糖跟她粘在一起。我们跳得很好，滑稽而野蛮，娟将那软绵绵就像没有的巨胸一遍遍撞向我，而我的鹰爪扯紧她后背的系带。胡先生站在远处，脸庞阴沉，隐藏的怒火就像要将我们用石头活活砸死。

在今天想来这是多么疯狂而不可能的一件事。

娟后来将高跟鞋踢甩掉，狰狞地笑着将我带走。我的身心好似也涌现出一种希望全部死绝的快感。他们惊诧地看着胡先生跟出来。他赶上来将她从我身边拉开（也许要说是我将她丢给他更好点）。她扭动着身躯，被结结实实抽了一耳光。我冒着汗仓皇地走了，身后没有喊叫哭闹，出奇地静。在走到暗处时我回头，她已扑在他的怀里，用一只手狠狠捶他肩膀。

次日我的酒全部醒了，因为害怕和羞愧不敢去胡先生办公室。但后来我想到一个有尊严的办法，勇敢地走进去。我跟他说：“稿子改好了，剩下的五万我不要了。”

“为什么？”

“不为什么。”

他饶有深意地看着我，说：“年轻人。”我以为他还要说什么，他却是不说了。他将钱塞进我手里，送我出门，又说：“没有男人是值得信赖的。”我不知是什么意思。当天，我坐着来时的轿车回到那已像是异乡的故乡。我就像从梦中掉下，再也回不去那水声鸣响的庄园。

后来小红像谜一样长久活在我心里。我觉得她可能纯粹，也可能世俗；可能喜欢我，也可能完全不。这一切取决于我下什么结论。我雕刻着她。有时追悔，有时愤恨，最后心如死灰。她终归是会跟着索寰走，住豪宅，慢慢变得毫无意义，在某天她说“为什么你们都说我不普通”时，被抽了耳光，他气恨地说：“我真不明白你对男人的口味。就像当初，你连一个穷酸的诗人也不放过。”我觉得在她沉静的面容下潜藏着放荡的灵魂。最后她打打牌、织织毛衣，生儿育女，皮肤松弛，永远地老了。

时间使一切消失，二十年后当我再次来到宁波时，就像从不曾来过。说起来它只是我跑过的两百个国内外城市之一，那段岁月也仅只是大海中的微小波浪。我征服了很多年轻女人。她们无疑有着原则，一开始甚至对我持完全的蔑视态度，但只要总是将钱塞过去，她们便会瓦解。每次将阳具塞进这些悲痛的阴道时，我都仿佛听见大楼倾塌之时那隆重而沉闷的声响，心间会涌出一股由得罪人带来的快感。尔后万念俱灰。无论她们怎么讨好，都好不起来。有个女子哭着说："你以为我在乎的是你的一辆车子和几件首饰么？"我说："可不是么？"另一个女子以同样的表情说："为什么你就不能稍许喜欢我？"我便捉起她的手，说："你看，你的这双手又肿又粗糙，好像十来岁就开始刷碗、洗衣服了。"

我再次来宁波时总是被人陪着。有天他们带我去了乡下一块工地。那里有很长的围墙，现在只剩墙基，墙内停着几台推土机，土地像是被牛耕了上百遍。如果不是在附近的山上看见一座废弃的水坝，我不会想到这是胡先生当年的庄园。那五只龙嘴仍在，但已没有水源，嘴角因此像是生锈了，很孤单。他们像说传奇那样说着这里往昔的场面，我说我知道。我甚至连胡先生现在做什么去了也没问。这并不是世界末日，人生贵在及时行乐。

在我住的宾馆，门口铺着红地毯，摆着花篮，门楣拉着红色条幅，大厅立欢迎牌。我一进去，那些穿套装或旗袍的女子便鞠躬，唇红齿白地打招呼。房间有两百多平，甚至有一座可以控制流水的假山，什么都很华贵，使尊贵的客人哪怕一点不舒服也感受不到。但是宾馆永远是让人迷失的地方。我一人待着，时间便凝滞起来，就像天花板在往下一层层地下着细雨，因此我总是走向窗边。在宾馆后头，仿佛是为了做对比，立着一排低矮的红砖平房。每家屋顶都有黑乎乎的铁皮烟囱，门口挂着脏黑的草帘，春联被洗刷白了。门口是泥地，有密集的轮胎印。门前有两棵树，拉着生锈的铁丝。

我看着这些就像没有看见一样。可能我长时间站在这里，只为着将肥硕的肚子顶在墙上，享受胖子才会有的快乐。有天下午，天空阴沉，地面变得像地狱，灰而透明。可能是要下雨了，但不知为什么还是有位妇女用脚推着水红色的大洗衣盆从平房走出来。盆里有一件蜷缩的白色长裙，跟她铁灰色的头发、红硬的面庞以及过于粗壮的腰身并不匹配。她像是世上最懒的懒人，低着头，左一脚右一脚缓慢地推着洗衣盆，将它推下门前台阶。但是当风吹过时我知道并非如此。风使她两边的衣袖像纸无依地飞起来。

她不再推塑料盆子时，像一株树茫然站着。很久后，她才稍微活动一下。一个粗矮男人回来了。他径直走进她刚才出来的屋内，重重甩上门。她还是站在那里，渐渐又仰起脸默默地哭。她一哭我便也跟着哭起来。我一生中从来没有像现在这样拥有哭泣的冲动，一边哭一边将头撞向墙壁。我看到，她在尽力地张开双手，就像当初在庄园舞台上那样尽力地将它们张开。就像它们还存在一样。

一会儿，男人气急败坏地走出，粗声埋怨着，她止住哭泣，用脚踢他。他便不服气地将白色长裙捞起，扔到两棵树之间拉着的铁丝上。他也不拉，也不抖，就像扔件垃圾那样将它扔了上去。她走到长裙面前久久站着，神情悲哀而沉静，就像一位母亲在默哀死去的孩子。她永恒的时光早已过去，现在她年华老去，落魄潦倒。

那男人再度走进屋时，我看见斑秃，心里像是被塞入了一块巨大的铁砣。

“这所有一切都让我不敢相信。”他抽泣着，“小红当时那么漂亮，为什么每天还愁眉不展？为什么她的母亲着急地要将她嫁出去？为什么她那自负的舅舅会为她对大家说出甚至是恳求的话？难道不可以让小红自己慢慢找么？她难道还需要相亲这种方式么？还有，小红最后嫁的为什么是一位粗鄙、年老、丑陋的司机？我解释不清，也接受不了。但后来在做了一个梦后，忽而明白——我想他们，他、她、她，都明白了她今天会残疾的事实。这就是谜底。而我本该是最先发现这个谜底的人，却因为偏执而负气离开。”

他接下来说：“在那个梦里，我看见生姜。它被挖出土地但还没有剁开，黄黑、干硬、扭曲、伤痕累累，就像烧坏的手掌。我看见小红赤身裸体朝我走来，乳房下垂，肚层挤出油腻，两只象腿静脉曲张，没有手腕，没有胳膊，在两边肩膀那里正长着这样孤零零的生姜一样的手掌。这就是她的结局。我早该看到这结局。看到这个结局我才明白，为何她过去的每张照片都不会出现手，为何一出现在庄园时便光芒万丈，为何在光芒万丈时还要痛苦地哭泣。为什么？因为诅咒。在《木偶奇遇记》里，匹诺曹渴望成为活生生的男孩，找到蓝仙女，她答应了，却附加了一个诅咒——每当他说谎时，鼻子便会不断地变长。而小红受到的是相反的诅咒，她从很小时就长出极长的手，每当她长大一点，这手才会缩短一点。在整个童年，她都盼望长大。她终于让它长到最合适，那时恰好她的年华最好，容貌也最好，而我也就是在她这一生最灿烂的时刻遇见她。她在发光。此后诅咒的规律却是仍在运行，她的手越长越短，最终只剩两只奇怪的生姜。会说话的生姜。像珊瑚那样，在走向我时，紧张地舞动。我没办法再用别的理由解释这悲伤而可怕的事情了。”

他说着说着，被自己的奇怪想法感染了，像妇女号啕起来。最后他说：“当初离开庄园时我对自己说，‘不就是钱吗？’或者‘要是你认真起来，就会毁了自己！’现在我却想对她说，‘我还想做这世上唯一怜惜你的人。’现在我已经老了，但我还是想试试，将她买下来。”

“神经病。”我觉得我多少应该说说话。

北范

最终，父亲带领全家人从横港镇搬迁至县城。按照他的说法是乡镇教学质量不行。有一天，他看见镇中数名教师扛着大竹子，骑车从柏油路驰过，便说：“上课时间出来贩竹子，这不是误人子弟吗？”我因此转学到县二中。

我在全家搬迁的路上望见一同升入初中的同学范如意。他全神贯注于书本，所看管的小牛游荡至公路，挡住货车。司机摁响喇叭，他抬起湿漉漉的头，麻木而平静地看我们，然后牵走牛，继续背诵。他是不能被惊醒的痴人，据说一天只睡两小时，理由是“死后自会长眠”。他无论走路、吃饭、如厕，都手持一本书背诵，因此得了神经衰弱，头痛、头昏、健忘，像漏斗，背好一篇，忘掉两篇，因此又焦躁地从头背起，形成恶性循环。初三第一年他距分数线只差几分，第二年摸底考便只排全班中游。镇上人说起来都摇头叹息。范如意可是全县第一个实现跳级的人，初一读罢半年便跳入初三，当时学校举行仪式，请来副县长及市县两级教委主任。那领导们点到哪篇，范如意便背诵哪篇，有时题目还只点出一个字，他已抢先背出一段。他闭着眼，嘴唇像运行欢快的机器开开合合，将汉字一股脑儿排出，而我们一共九百名学生端坐在下边，他背一页，我们翻一页，操场内便响起一片整齐的哗响。当时赶来看热闹的有一两千人，黄土场踩满鞋印，及至仪式结束，还有一辆解放车载着十来人驶来，在他们鼓噪下，范如意又背诵圆周率，一直背到一千余位。

“了不得。”地区教委主任站起来和副县长握手，说，“尽一切财力物力，重点保护，重点培养。”人们只当范如意应付几年，便稳坐大学生，谁料不到一年中考便考砸。“可能是太紧张。”老师、家长，包括他自己都这么看，但第二年专门为他测试三次，还是不行，放进班里一起考，也早已泯然众人。

一九九一年，我从县二中初中升入高中，过去镇中同学写信来，说范如意落榜，总分不足两百。据称他看到成绩，悲愤莫名，去找老师，老师也是悲痛莫名，一时僵直住。这悲伤很难形容，就像一个慈悲的师傅明知徒弟永无所成，或者一个慈悲的医生明知病人死期不远，他无法解释，只能抚摸对方。范如意掸开他的手，恶狠狠地说：

“你就说我还有没有希望？明说。”

“没有。”

范如意好像挨了一棍，说“好”，转身就走。本是向东一里路便能走到的家，往西错走两三里才折返，老师骑着自行车跟了很久。及至进屋，他哭也哭不出，号也号不成，在床前猛然一挺，倒向床铺。他父母便猛掐人中。老师说：“告诉他，他一定是有才的，只是读书这条路暂时走不通。”后来范如意便做了农民，有时在路边卖些瓜果、饮料，就像沉渣掉进太空，没了音讯。

二〇〇一年，我已是县公安局办公室一名秘书，因为横港派出所要创省人民满意派出所，我被派去写材料。故地重游，不禁觉得时光骗人，过去以为高大的叔叔其实只有一米六，而那些幼时同学面孔酱黑，已然像中年人。只有范如意仍旧肤质森白，像是在骨头上披了一层死人皮。“他看人时眼睛就像棍子打着别人。”同是过去同学，如今在派出所当联防队员的聂新荣说。据说从某天起，范如意便白天睡觉，夜晚去山顶，独自对太空静思，然后挂一身露水归来。

“他还是不食人间烟火？”我说。

“咳，哪有这样的人？”

聂新荣便讲了一件事。一九九八年秋，镇政府分来一位外地中专生，十七八岁模样，刚长好，娇嫩欲滴，太阳照下就像照进一堆软雪，稍一喘气便让人想到底下那对软乎乎的乳房。兼之举止行云流水，双目顾盼生辉，便像戏本说的，“使人见了最易销魂”。已婚未婚的都入魔了，挤向宿舍门口，一会儿宣誓一会儿起哄，不久都落得无趣。据说有十三种苛刻条件，男人要攻下，缺一不可。那范如意却是一席话便打破坚壁清野。那话如何说，聂新荣却是说不来，我便去远景村找范如意。

那是一间破旧的屋，青砖黑瓦，门楣上贴着惨白的“囍”字，别家都装了铝合金窗，他们家还是玻璃，漏风处钉了薄膜。我进去时他正在瓦数很低的灯泡下编篾筐，见着我，痴愣住，好一会儿才站起来，说“稀客稀客”，跑到灶间提了开水瓶来，就着温水倒了一杯糖水。“可别就走，我正愁着，这么多事没一个人可说。”他说。

“稍等，我去上个厕所。”

我穿越灶间去寻时，发现他女人又干又瘦，邋里邋遢，被一条粗绳拴住一条腿，正坐在地上抛接小石子，玩一种游戏。她望见我，眼睛放光，欢喜地笑起来，鼻孔下挂着一串鼻涕。我后来问，范如意指着脑袋说：“这里有问题，又发病了。”

“你怎么找她做老婆？”

“找的时候不犯病，快一年了才这样，退不脱。当时还觉得漂亮。”然后他便不耐烦此，转移话题，说，“你说我当初傻不傻？只知道背。语文、英语背背也就罢了，数理化也背。我背些公式也就罢了，连试卷也背。我背得辛苦，第一步怎么解，第二步怎么解，都背清楚了，心想试题都在心里，考哪一题从脑子里挑出来就是，却是不知道，凡考过的题目断然是不会再考的。我把自己背废了。后来才醒悟过来，可醒悟时已经晚了。我早应该知道背诵是死胡同，思考才是真功夫，才是通往真理、解决问题的捷径。可惜我被自己的记忆力欺骗了，让那毫无用处的知识填满脑袋，连高中都考不上，成了一个对社会没用的人。”

“也不能这么说，考学只是检验一个人的方式之一，它绝不是唯一。”

“你这么说，我很高兴。我也是想天无绝人之路，只要方法正确，世间未有不通之理。”他却是要洋洋洒洒说下去，我打断道：“镇政府小韩是怎么回事，听说你一席话改变了她。”

“嗬。”他一拍脑袋，好像记起这事，先自乐了几番，然后才讲那事：

那时他在村里兼做会计，一日忽然从镇里开来吉普车，是小韩陪领导下来检查。他当时便中了蛊，小韩走到哪跟到哪，却是不敢说话。待吃罢，她走到门口欣赏田野，他犹豫再三，还是走上前，像圣父那样庄重地说：“人生贵在及时行乐。”

“怎么讲？”她说。

他本要逃遁，见对方没恶意，便继续搭讪：“你知道人最远能望到多远吗？”

“一两里，十里八里？重要吗？”

“你可以看下天空。”

她抬头望。

“那白云距离我们有 1600 公里。”他说。这时她眼里有种东西意外地光明了。他接着说：“你还能看到，月亮距我们 38.4 万公里，太阳是 1.5 亿公里，而北极星则有 324 光年。光年你懂么？”

“不懂。”

“光年是人类发明的最好的词之一，它说的是时间，指的却是距离。光在一年中所走的距离称为一个光年，而光速为每秒 30 万公里，相当于一秒钟从地球走到月球，你想想一年有多少秒，要走多少距离？而北极星要乘以 324 年。这就是你肉眼所能看到的。”

“这么远？”

“是啊。古诗说手可摘星辰，怎么摘？我们看见的星星，其实只是它发出的光。目前人类探知的最遥远的星，距地球 100 多亿光年。而在 100 多亿年前，宇宙才开始大爆炸，我们现在所见的，只是这颗星诞生时所发出的光。一些我们看见的星星，可能已化为齑粉，已不存在，但是它发出的光仍在来到地球的途中。就像一个人死了，他的声音还走在通往我们耳膜的路上。想起来多么可怕啊。”

接着他说：

“你有没有想过空间？你觉得空间有止境吗？”

“应该有。”

“不可能有。比如这间村舍，它是有止境的，它 70 多平方米，但你不会相信它是整个世界。在房屋之外还有草地和田野呢。地球也是有限的，但地球不是全部，地球外有大气层。银河系也不是，银河系之外还有宇宙。宇宙之外呢，还有更大的宇宙。你很难想到一个尽头，只要有一个物体存在，那包围它的就绝不是虚无，而应该是更大的物。

“我们也从来不是天地的主人，说到底我们不过是无穷大世界里一粒微不足道的尘埃。我们的产生只是无数种偶然叠加的后果，这些偶然意外地带来我们，同理，它们也会必然地带走我们，就像带走恐龙那样。我们和恐龙一样，连起码的地震和海啸都预测不了。你看，在地球上空，在我们所面对的无限大的空间里，既有大量遵规守纪、和我们和平共处的物体，也有很多乖戾而不讲道理的物体。在40多亿年的时间里，它们像是不懂事的孩子，呼啸着飞来飞去，不停威胁地球——它们却已多次和地球相撞，你所知道的众多陨石，就来自那未知世界。陨石算小的，如果是小行星或彗核撞来，人类就要遭殃，就像恐龙曾经遭遇过的那样。它们什么时候撞，撞哪个部位，完全取决于它们毫无理性的运行。作为地球主人的我们，完全无能为力。

“下一个接替我们主人地位的也许是老鼠，也许是一种变异的新物种，也许连地球本身也消失了，它变成无数微小的石块，游散在空中。我时常忧虑于那毁灭我们的物体就要来了。我每天待在山顶看，碰到天气特别好，便会无比恐惧，我看到那遮蔽的云彩全部消失，漫天都是赤裸裸的凶手。我从没想到在我们孤独的家园之外，会挤着这么多蠢蠢欲动、恬不知耻的物体。它们中的随便哪一个，身形哪怕增大一毫米，我都会痉挛，这意味着它正以极快的速度，风驰电掣，朝我们奔来。我常说：但愿这只是幻觉。实际也都是幻觉，我们所见的，其实还算平安，我害怕的是那些一时看不见的，它们像隐身人一样悄然奔来已久，而我们对此毫无察觉。也许明早一觉醒来，在我们的视野上空，在那几百公里的地方，就会有一颗直径几千公里的脏雪球俯冲过来。不是没有可能。从来没有人保证我们能拥有永恒，我们的命运就像毛主席说的，‘扫帚不到，灰尘照例不会自己跑掉’。扫帚到了，我们肯定灰飞烟灭。”

说着，他将出了些汗的小韩带到土岸旁，揭开一块石头。一群蚂蚁四散逃窜。不过在意识到没有进一步的危险后，它们又跑回去，重新组成高效社会，有条不紊地运动起来。“你看，它们现在安详自在，过于自信。”说着他将它们逐一踏为齑粉，“一秒钟之后，它们便灭绝了。它们什么时候灭绝，灭绝多少，完全取决于我，它们预测不了，也计算不了。而我们在无穷宇宙里的位置，和一只蚂蚁没有任何区别。我们和蚂蚁的质量，同无限的宇宙相比，都接近于零。我们的智慧也不比蚂蚁高多少。”

这个十七八岁的姑娘一时被汹涌而下的知识震慑住，像冰棱僵立。“这本是古已有之的认识，人生重在及时行乐。”范如意强调道。

“那么，她跟你了？”我朝灶间望了望。

“怎么可能？手都没摸到。她当晚便和县城来的有钱人睡了。而且我觉得她可能更相信千禧年世界末日的传说，她的智慧也就到那一步。”

“你岂不是很遗憾？”

“是有点，但从某种意义上说，我已经得到她。”

“怎么讲？”

“因为存在这种概率。”

“什么概率？”

“就是无穷大所提供出来的概率。这样讲起来会很复杂。我打个比方，如果只有1万平方公里，那么一个村落是特殊的；但如果是100万平方公里，那么就会出现一个和它大致类似的村落，它们所依靠的山的高度、所面对的河的宽度、所占有的稻田的面积、所居住的人口的数目就会差不多；而如果是处在1亿平方公里，那么很可能会出现两个非常接近的村庄，每家每户的财产是多少、生多少儿子、儿子们长什么样，都可能相同；而假如空间是无限的，那么就会出现至少两个完全一样的村庄。当我们认识到空间没有边界时，就应该认识到它存在物体相同的概率。在无穷大的空间，绝非只存在一个地球，而是存在无数地球；在无数地球中，又存在无数发展过程完全一致的地球；在这些相同的地球里，同样存在着无数发展过程完全一致的人类；在这些相同的人类里，又存在无数相同的我。你不要觉得玄乎，只要想想无穷大三个字，便知道一切都存在可能性。而这无数个相同的我，又会分裂出无数个不同的我。就像小径分叉。有的走上东边的路，有的走上西边，最终得到的结果完全不同。在这个地球上，我和小韩缘悭一面，而在别的地球，她倒向我的怀抱。

“但这只是自慰。因为这种相同，就像在宽阔海洋里存在两棵完全一样的水草，它们遥遥相处，彼此孤独，对整个世界来说无足轻重。我们不能占有所有的我，不能占有所有的机遇，我们每做出一个选择，都意味着被迫杀灭其他可能性。无穷大对我们而言没有任何意义。这也就是我们为什么犹豫而痛苦的原因。我们注定只能选择一种，而这种选择所带来的，注定不幸。无论出现什么结果，都注定不幸。因为——”

这时他显得分外凄惶：

“因为总是有更好的。从相对的角度来说，我们所选择的永远是更坏的。我们可以看到比我们选择的还要坏的，但也只是五十步笑百步。我们每一步选择所收获的都是苦果，我们永远活在遗憾中。活着没有意义。”

“知足常乐不就好了？”我说。

“不。”

“你无视它，它便奈何不了你，你总是想它，当然悲哀。”

“不。你完全不懂。你从未像我这样经受侮辱与损害，从未刻骨铭心，从未痛苦，甚至连一滴泪也不曾流过。你还不知道这属于人类的痛苦，而我代表的正是人类。你浑浑噩噩，不像我早已看破，每日只想幻化为石头，躺在山顶，既不选择人，也不让人选择，既不选择世界，也不让世界选择。不过，你迟早会明白的，只要你想到一个字，死，你就会明白。选择除开丑陋，而且毫无意义。活着就是感受伤害，除此之外别无其他。那浩瀚的宇宙、蔓延的星云、无尽的可能性，和我们都没有关系，我们只占弱水一瓢，饮尽便化为枯骨。我们死时，地球上的人还在载歌载舞，那散落在多重宇宙里的无数个我也在载歌载舞。我们成为永恒的沉默的一部分，再无翻身之日，就像我们的任何祖先那样。”

他争过此理，又长叹道：“我们都是有限的。”接下去他说，

“我曾在山顶等待来自外太空的信号，就像封闭自足的土著在海边等待异族的船只一样。我想既然我们已屡次向外太空发射信号，那么外星人也一定会向我们这边发射。”

“你依靠什么接收信号？”

“收音机。”

“收音机？”

“是啊，收音机。”

“那收到过没有？”

他摇摇头，说：“条件简陋，基本不自量力。而且后来我也觉得，即使目前的人类穷尽智慧，建立最发达的接收设备，也不见得能接收到。信号是微弱的，稍纵即逝，当它平安到达目的地时，可能是两万年以后。没有人会一年四季来监测这种信号，它可能经过那些人，永远地跑掉。而且，即使能接收到，也可能变成无解的密码。就是我们人类自己，现在也很难辨识最初的文字，何况在遥远的未来？和外星人比，我们的智力可能非常优越，也可能非常低劣。我们和他们是鸡同鸭讲，纯属做无用功。

“一度我也觉得时间旅行是存在的。我盼望着回到过去，这样便可以对过去进行修改。但后来我发现这是悖论，一个由A生长成的人，我们叫他A+，他回去修改A，使A变成B，以后在未来出现的一定是B+。那么这个A+便被架空了。又比如电影中那个著名的例子，一个人回到过去，阻止父母相爱，他们不能相爱，就不能生育他，那么他也就被架空了。而且，假使有时间逆行的可能性，那么我们今天为什么连一个未来的人都没看到？为什么在历史上也没有相关记载？”

“人类的科技还没发展到那一步，发展到时一定会有人回来。”

“不。我跟你说，我们的生命是有限的，死了也便死了，就像清朝人明朝人那样。等到未来的人掌握回来的技术，并且回来，我们还能活过来去迎接他们吗？这可能吗？所以说，若是存在这种奇迹，我们就一定能看见。我们不能看见，请问他们都回到哪里去了？”

“也许等到我们人类即将拥有这项技术时，地球毁灭了。”

“不，如果存在时间逆行的可能性，外星球上的人也一定会回到这儿。但是没有。根据爱因斯坦的学说，当人类以接近光速的速度运动时，时间会放慢。比如一个人搭乘飞船去质量巨大的黑洞附近旅行一年，在这期间，地球可能已过去 100 年。那么他返回地球时就是进入未来，他的孙子将比他衰老。但这不是时间旅行，而仅仅只能说是一种养生。就像医生让人昏睡，延缓他器官的衰竭，那么当他醒来时，他会发现自己比别人年轻。我认为时间旅行的原则是：存在两个自己。如果一个人去往未来能看见另一个自己，那么我承认它是时间旅行，如果始终只有一个自己，那么它便是魔术。”

“嗯。”

“而且我觉得时间不存在。”

“怎么讲？”

“你不觉得时间只是人类发明的词汇吗？它和原子、中子不一样，它是抽象的，你能盛载它吗？你能找到一抽屉的时间、一厘米的时间或者一屋子的时间吗？世间万物都可以度量，连电磁波都可以，但是时间不可以，因为时间非物。从地理上说，我们可以从东边去西边，再从西边回东边，可以任意旅行，但我们不能从过往去未来，或者从未来去过往，因为我们既没有起飞的支点，也没有着陆的目标。我们说时间永恒存在，也可以说它从不存在，同时也可以说它时刻存在、时刻死亡。我们都是在用空间的思维去感知它，从来如此，比如它是一枚枚快速燃烧、瞬间熄灭的箭头。这符合我的想象。我们对现在的感受是最清楚的，现在充满光芒，但只要现在一过去，它马上就变成黑洞，未来也如此，未来在尚未到来之前，也一定是暗不见底的深渊。我老觉得时间就是卡拉 OK 下方出现的字幕，有一道短促的光跟着旋律移动，提醒你该唱哪个字。这道光就是现在。它经过的全部变成黑暗，尚未到达的也是黑暗。记住，只有现在看起来是有光的，是能附着在空间上稍微感知的。你说，我们人类怎么进行时间旅行？倘若我们能回，应该回到哪一段黑暗？回到哪一分钟的黑暗？哪一秒的黑暗？哪 1/2 秒或 1/4 秒的黑暗？”

“不知道。”

“哪里也回不去。因为连分钟和秒这样的概念都不存在。”

“不懂。”

“我们对时间拥有的一切概念，比如辽阔、短促、浩瀚、扭曲，都是以空间的思维进行的。而时间本身并不认同，时间从本质上说是空。”

接下来他说：“有次，我做了一个梦，不知为何从队伍中掉下去，落后人类一秒。也就是说，我落后现在一秒。那可能是我做过的最恐怖的梦了，我看见刚才还在的你们全部消失，视野之内（上下左右），全是又深又远的虚空。我经过了一层苍穹，又经过一层，一直在无穷大里徒劳地飞——那里既没有万有引力，也没有任何可以感召我的物质。我试图从这虚空中找到出口，因此慢慢幻视出无数管道，那管道每个都有几十里长，我一个个爬进去试探，看你们是不是在那边。我经常游到一小半便撤出来，因为毫无希望。而就在转身时，又觉得，假使唯一的你们恰在那头，我岂不是永远错过了？我就这样像在浩瀚的沙漠中转圈，最终精神崩溃。后来我瞎掉了，像一片树叶在空中漫无目的地飘，许久才听到一阵回声。那是你们在山谷里喊，范如意你在哪里？你们的喊声撞到大山，产生回音，让迟到一秒的我听见。我热泪盈眶地游过去，回应道：'我在这里！'可你们永远听不见一个人从黑洞里发出的呼喊。"

这时他似乎是在卖弄当初的惊惧，摇头晃脑，张牙舞爪。我起身说："我得走了，那边所长还要找我吃饭呢。"他哆嗦着，还要讲，见我拿起包，便说："那些所长、乡长、县长、联合国秘书长，算个鸟啊。"

二〇一一年元旦，我已在北京混迹六年，刚要从网站跳槽去一家杂志社。多年前我辞掉了在县城的工作，自由自在地生活了很久，早已将自己视为江湖人。可总还是会有故乡熟人打来电话，说："猜猜，猜猜我现在在哪里？"

"北京。"我冷静地说。我知道往下我将要请他们吃饭、替他们导游。我还知道他们会表扬我出门打工的勇气，并在心里说这是个傻瓜，蠢到连公务员的工作都不要。有时我会厌恶地撒谎：我在外地出差呢。

元旦假期将尽时，又有操家乡口音的人来电：“是艾国柱吗？”

“是。”

然后那边出现一阵羞于启齿的沉默，很久才说了：

“有件事不知当说不当说。”

“你说。”

“要是你没有，就当我没说。”

“你说。”

“我是范如意。”

“我知道。”

“难得啊，这么多年你还记着我。”

“我跟你说，我每月要还月供，没几个子儿了。”

“只要一点点。”

他仿佛轻松起来，又说：“我是用公用电话打的，我在北京回不去呢。”我虽烦躁，还是去了西客站。他穿着简陋而干净的西服，正靠在电话亭里瑟瑟发抖，我便带他去买火车票。买罢，看时光尚早，索性又请他吃了拉面。他连汤带面快速灌下去一碗，见我没有吃意，又将我那份也吃了。我说：“你来北京干吗？”

“参加亚太宇宙学科研大会。”

“什么？”

“骗子大会。”

他接着说：“我接到书面通知时，不敢相信，我何德何能，能与那么多院士、专家、博士生导师一同列席会议。因此我打电话给他们，他们说得干脆利落，就是通知您啊，您的文章我们提交评委阅读，评委很振奋，亲自定您来的，车船费我们报。我便找到那文章重读，读一句，疑自己一次，却是读完时，忽然沉浸在自己当初写作时那辉煌的激情了，禁不住泪流满面，谁说世道不公，奈何黄钟长弃的？”

他这样说时嘴角挂着轻蔑，就像嘲笑的不是自己，而是别人。“我出门前想到破釜沉舟这个词，心想马上就要成名，何苦算计退路。因此砸锅卖铁，倾尽所有，连请了几桌客，买飞机票便来北京了。这可是我头一回坐飞机。那飞机飞到一半，停了，我看窗外，都是棉花一样的云朵，无边无际。我就想，这是地球外的景象，在地球外，确实可能存在芝诺所说的道理，即你要到达某个目的地，必先到达它的 1/2、1/4、1/8、1/16……如此细分，你将无限接近静止。可是不久机身便颠簸起来，我才知自己刚才掉入的只是幻觉。”

“你出席大会了？”

“没有。负责接待的倒是热忱，给我看会议资料，介绍酒店情况，讲了四五分钟，忽然图穷匕见，说这一切，包括讲演、讨论、颁奖、文章发表，等等，需要交纳一定的活动经费。他们说，这也是为了维持这伟大而清寒的事业运转。”

“你交了？”

“我哪里有钱？最便宜的也要交一万元，我以为自己从此登堂入室，为国家所包养，身上只给自己留了几十元，哪承想便是入个门也要上万。我说我是业余搞科研搞哲学的，谋生不及，哪来的闲钱。他们说我谦虚，后来见我实在没钱，便找保安将我请走了。”

“这样啊。”

“是啊，人世可恶，害我要找你借钱。”

“算了，一两百块的事情。”

我想他这么冤枉来一趟，几个积蓄都弄光了，便好心劝抚，叵耐他跟着我客套地骂几句宇宙学科研大会，便眼露精光，讲新发现了：

“你想，在大爆炸刚开始的 0.0000000000000000000000000000000000001 秒内，宇宙还只有豌豆那么大，但仅仅到达第 0.00000000000000000000000000000000001 秒，它便已膨胀至直径达几百亿光年的规模。至第 90 亿年，地球形成，然后又过去 47 亿年，人类出现。人类又在 19 世纪和 20 世纪分别发明炸药和核武器。炸药可以摧毁比它大几百几千倍的物体，而 1000 克铀裂变释放的能量比 1000 克炸药爆炸所释放的能量又要大 2000 万倍。核武器带来高温和强辐射，在摧毁旧世界的同时，注定创造新世界。我想，人类智慧是呈递进式发展的，终有一天，我们也能通过一粒比豌豆小得多的物质，制造出直径几百亿光年的宇宙。那时的我们便是上帝，我们说要有光，于是便有了光。这种可能性是存在的。”

“这样？”

“是啊，过去我看《圣经》，说上帝照自己模样造了人。我只道是骗人，现在却觉得有理。人类若是能够制造宇宙，便一定能制造阳光、空气和水，以及像他们一样的人类。”

"你的意思是存在上帝？"

"是。人是怎么来的？是上帝照自己模样造出来的；而上帝是怎么来的？是人照自己模样揣测出来的。我很想说：他们揣测对了。在很远的地方，可能真的存在着一位上帝，他创造了如今的宇宙和如今的我们。他可能一直看着我们，也可能早死了，他的寿命恐难胜任他所创造的奇迹。"

后来他挤硬座车厢回简陋的乡下去了，直至今日也没给我汇款来。国庆节时，我携一个外国朋友回乡，风光几日，偶遇在县城开超市的聂新荣，才听说范如意失踪了。大概是五月份，他再没回到远景村家里，若不是岳父寻来，他那被拴住腿脚的妻子怕是要饿死了。村长发动上百人沿马路去找，最终找到山岗，发现那里有一顶垮塌的帐篷、一只斑驳的卫星锅（锅内有几根烧黑的细枝条）、几本镇图书室的书、几堆干硬的粪便以及一张由石块压着的白纸。上边用铅笔写着一个单词：

MUST

年轻人认识这个单词，但讲不出意思。众人只道他受够人间凄苦，去寺庙出家、去远方流浪，或者去山谷自杀了。不久听说山上找到尸骨，远景村的人去看，判断尸主应该是一位矮小的女性。众人由此偃旗息鼓。我想，他可能像高更那样，离开工作和家庭，离开这将人弄得越来越平庸的世俗，义无反顾地找寻真理去了。而且我觉得他应该是躺在山顶，以地球为零的起点，摆脱万有引力，一步步走向永恒而沉默的太空去了。

小镇之花

秋天的小镇，天高而阔，每根枝条每颗稻穗清晰地存在于眼前。但是黄昏一到，树木、山岗变得模糊起来，灰蒙蒙的，在它们背后是太阳逐渐微弱呈暗橙色的光芒。对孩子们来说，这是充满遗憾的景色，意味着四肢无用，父母要赶他们回家。

比他们大十来岁的青年，一天的生活则像刚开始。他们三四人挤一辆摩托，呼啸着来到供销社门前，那里有电视、录像、啤酒及霹雳舞，他们时刻准备发生点事情，又懂得在法律高压线前止步。只有三个说话带“么事”口音的人不知轻重。其实应该说是三人里的矮子何飞不知深浅，他喝得差不多，便会问同伴：“今天做么事呢？”意思是下面，我们该干些什么。一天，他找不到更有意思的事，抽出两斤重的蒙古刀，划向肚腹。血泡沿着一道线冒出来。

这张恶棍的脸是一部殴斗史。头皮被削过因此留有斑秃，额头缝过十几针，鼻子歪掉，一颗四环素门牙也不知去向。同伴大李、小李则因为适当的谨慎，保全住帅气模样。这天，何飞鼓着鱼泡眼问：“做么事呢？”同伴又叫了些酒，好像事情也要有灵感，需要等待。他们在等待过程中，自然而然地聊到当地最漂亮的女人。莉丝可聊处有二：

一是美貌。总会有很多称为美女或者说是长得可以的女人，男人们不乏冲动，但她们毕竟还是活在世俗中。只有莉丝不可理解，好像一提及她名字，人就会酥软，就像走过太多泥泞的道路，忽而在山顶望见一望无际的冰川（那些洁白的鸟儿啊在冰上留下清晰的影子）。莉丝的白，是白里滤过一层白，鲜嫩、瓷实、清澈如水流，可以看见皮下绿草似的静脉。人们看见她时总是揪心，仿佛看见瓷器过于辉煌因而忧心它随时摔碎。二是脾气。她可以一整天不说话。到邮电所取报纸的青年想出很多下钩的办法，但这些甚至包括到黄山旅游的提议都遭到羞辱。她分明是听见你说话，却自顾着做事，哪怕是看一眼，哪怕粗暴拒绝也好，她却是连这些也不给你。“好，有种，你等着。”人们气急败坏地走掉。和脾气匹配的是她寡淡的历史，谁也不知道她经历过什么喜悦或痛苦，她是邮电所所长的掌上明珠，死活要读高中，模拟考之后又死活不读，仅此而已。

“像烈士墓上的月亮。”小李说，“有天晚上我看见月亮像晒谷的篾簟那么大，挂在烈士墓半腰，近得让人恐怖，却摸不到。莉丝就是这样。我赌二十元，看谁能带她在镇上走一圈。”

何飞向来不好色，这时却站起丢下二十元，说：“大李，你做个公证。”他骑着摩托车，像喷气的兽飞走了。

“你倒是给我。”小李说。

“不行。”大李将钱拍住。

“早晚都得给，都是我的。”

“那也得等他回来。”

他们想何飞很快会回来，顶多十分钟，心里是仇恨的，却得对他们自嘲一番。镇上流传过一个段子，下街的黄治茂碰见哥们儿，总是抚摸湿润的头发，问怎么回事，说是刚洗过头，你闻，还有肥皂味。不一会儿，另一位哥们儿驰来，说出大事了，有个青年在邮电所下吟唱，被推开窗户的莉丝泼了一盆洗脚水。

老板过来时，小李抢去二十元，分一张给老板，说再来几瓶，今日我请。“你的那份还没给呢。”大李说。

“我给你，你还不是得给我。我今日要是输了，把这二十还给何飞，另外再给他二十，这顿还算我请，不单今日请，明日也请。”

“说话算数就好。”

两人赶着话聊，一路聊到北京、大兴安岭、火星，好像置身镇外，时间在齿轮上悄然运转，走过去很远。大李看表时，已过去一小时。“一定是躲在角落耗时间。等下回来，肯定说自己去过了。”小李说。

“何飞不是这种人。”

“有什么是不是的，人不都是这样。”

两人一时无话。继续闷坐了一会儿，大李说：“我有点慌。”

“慌什么？”

“你把他的钱给我，把你的那份也给我。”

“再等等吧。”

“不用等，我想到一个故事。楚国有个人卖兵器，说他的盾最坚固，什么矛也刺不破，又说他的矛最锋利，什么盾也防不住。我想何飞就是最锋利的矛，而莉丝是最坚固的盾，两人都不好惹，要出事。”

“看看去吧。”

他们走向半里外的邮电所，它建筑在坡上，像是浓绿色的城堡。月光静谧，莉丝那间面街的窗挂着窗帘，被灯火映黄。二李蹲在路边，想等待窗帘后出现厮打的黑影，或者冒出尖叫声，但始终一无所有。风刮进衬衫，他们站起撒尿，然后回去。他们走到派出所门口。小李拿出四十元，说：“我给你吧。”

“收回去，这时候钱是小事。”

“那怎么办？”

“还是回吧，再烂的兄弟也是兄弟，不能不讲义气。”

两人走回粮站，推开何飞房门，漆黑一团。“怎么办？”小李说。

“能怎么办，睡觉呗。”

他们回到各自房间，脱衣，钻进床铺，试图进入睡眠，却总是被恐怖的想法拦住。凌晨两点，大李去何飞房间看，门还开着，人没回。去小便，看见小李从厕所出来。

“你也睡不着？”小李说。

“是啊。”

“何飞是不是把她掐死了？”

“不可能，现在正严打呢。”

可他们又知道，何飞不怕死，伏法时一定哈哈大笑。他一定挤开房门，捂住对方嘴巴，重重推倒在床，三两下扒掉裤子，而莉丝太烈性，总是喊，因此索性掐死了。这会儿说不定正坐在尸体旁抽烟，抽罢，将她背到山脚，扔进薯洞。“事情要发生也已发生了，拦也没用，等天亮再说吧。”大李说。他们回房，敞开门睡，黎明到来时还没睡着，粮站铁门被推开，两人跑出来，看见做饭的文师傅。

“什么事？”文师傅问。小李吞吐着说了。“你们干的好事。你们虽然不是主犯，也是教唆犯、从犯，你们跑不了的。”文师傅嘴唇哆嗦，来回走上四五趟，才平复下来，“你们快去派出所自首。”

二李正走到路上，这时何飞正骑着摩托回来，因为过度疲倦，他毫无精力。“搞了？”小李说。何飞没应，骑进粮站，下来，随手一丢，让摩托自己倒在地上。

“搞了没有？”

“滚！”何飞上台阶时脚发软，大李过来扶，说：“收拾东西跑路吧，我们也算交情一场。”

“滚！”何飞走进房间，将门重重甩上。

太阳升起时，白色的卫生院、蓝色的工商所和红色的药站都开门，只有绿色的邮电所不开，露水在邮筒下滴落。可怕的消息在买菜和卖菜的人当中传播，以致大家相信已经闻到邮电所里飘出的腥气。

很多人将早餐端到路上吃，也有人到邮电所探视，但也就这样，不会有更多举动。说起来很可惜、很震惊，但说到底莉丝也不是自己什么人。而且知道消息的人太多，轮不到自己出头。他们责怪邮电所不留人，所长去开会，老吴和小张也不知死哪里去了。日上三竿，邓所长才从第一班经过的客车下来。几个人跑过去，可怜的他还微笑着打烟，待明白过来，便像公鸡跳起来，跳到门口时扑倒在地。跟随的人扶起他，他嘭嘭地拍打着门：“莉啊。”

没有回应。

“莉啊，我是你爸，莉啊开门。”

还是没回应。他瘫软在地，几乎背过气去，众人扶起他，下雨一样地安慰。有人说：“邓所长你不是带了钥匙吗？”他才醒过来，翻出包里的钥匙。门打开时，一股阴风自光滑的水泥地刮来，邓所长跌跌撞撞走进去。一些男人要跟去，被女人拉住：“莉丝光着身子呢。”

邓所长听到，返身将门关上。

人们站着，耐心等待门再次开启。楼上传来中年男人可怕的哀号。因为等待的时间过长，一些人终于走掉，不过随后又被警车声势浩大的警报声召回。民警将邓所长喊出来。人们看见他努力控制着泪水以及极度悲哀的表情，说：“没事情，没事情。”民警进门了解了些情况走出来，推散人群，说：“都回去，什么事都没有。”

下午两点，邮电所开门，莉丝红着脸，在一大片目光的注视下在马路边疾走，穿着灰色旧外套。莉丝是会穿衣的，选择这样一件出门大约是因为接下来的事过于隆重。女人都是这样，在隆重的事要发生前，花费一两个小时挑衣服，起初挑极为艳丽的，觉得怪异，又挑暗色的，似乎这样才能将自己隐藏起来。她们比比画画，自我打气，最终死掉冒险的心，还是挑上这件不起眼的、灰色的旧外套。她们觉得这至少是平安的。

她的步态无法遮掩。昨日还是处女，双腿并拢，能夹住一枚鸡蛋行走，今日已是妇女，脚尖向外，像鸭子迈着罗圈腿，两腿间能跑过去一列火车。

“她去粮站讨说法。”

“不是杀他，就是在他面前自杀。”

“她被狠狠搞了。”

“一夜搞了七八上十次。”

“她被毁坏了。”

她走进粮站，来到何飞门前，没有敲门。里边鼾声如雷。在敞开的办公室，她挑了角落的椅子坐下，大李倒茶，她说谢谢，小李问等谁，她说何飞让她下午两点半过来等。

莉丝说话时，牙齿紧密而洁白，像医生一样完美。

漫长的等待直至三点结束，何飞穿着背心，提着牙刷，趿着拖鞋出门，莉丝迎上去，他定睛看了几眼才认出来：“来得好，等下跟我到镇上走一圈。”

这件事很诡异，但在南方这样的事很多。人们哀叹好瘪都让狗日了，逐渐习以为常。何飞调到粮油公司，莉丝随着去，就这样离开小镇，很少回来。

在传说中，莉丝住进何飞的父母家，只有六十平方米，因此一老一少两个妇女像鸡一样展开翅膀，互相撕咬。莉丝没有这方面的天分，几天便败下阵来，乖乖做饭、洗衣、打扫卫生、倒尿盆。起先是随意应付，后来见婆婆牙尖齿利，便使上十分力，像是个家庭妇女了。有一天，她思前想后，明白吃力不讨好的缘故，因此在饭桌上试着给对方夹菜，还询问盐是放多还是放少了，她恭敬着等待笑脸，却见人家把夹来的菜拨向一边。这是软硬不吃的婆婆，研习一辈子权术，苦无用武之地，今日逢着了，怕是到死也不肯放下手段来。

某日，莉丝洗完碗，在沙发上打盹，婆婆走来，冷气地说：“又没工作，又懒，真不知道谁养你？”莉丝便找尼龙绳，最终没有吊死成。可能她要的就是这个吧，她当着婆婆面给何飞下令，现在就搬出去。她和何飞搬进粮油公司老宿舍。摇摇欲坠。好像每天都有可能出现拎大锤子的工人，却始终没来，莉丝也就在危房住安稳，置办电话、电视和家具。莉丝通过电话和邮电所的父亲联系上，有天，父亲说你妈想听你说话，莉丝就约好时间。时间到时，莉丝等待很久，才等到妈妈的声音。

“莉啊，好不？”

“好。”

“身体还好不？”

“好。”

“我想你了。”

“说这些做么事。”

莉丝挂上电话。那文盲的妈妈脸色铁青地离开邮电所，走了很久，才遇见一位亲戚，她哗地哭出来。她说：“莉丝现在跟县里人一样，说话带么事了。”

在传说的另一件事中，莉丝去菜市场买某种菜，有五毛一斤、四毛一斤，也有三毛一斤的，莉丝买三毛一斤的，出来时找公平秤称，短二两，因此返回将篮子掷到案上，说：“你好大的狗胆，骗到我们县里来。”对方辩护，莉丝索性将菜摊的菜一颗颗掷下，两人由此极其壮观地扭打半个下午。莉丝仇恨地说：“乡巴佬，乡巴佬，你这个乡巴佬。”事情在何飞赶到后结束，何飞将地上的菜一一踩烂。

而在蜗居，莉丝几乎每夜与何飞吵架。何飞有点钱就打麻将，有多少输多少，莉丝总是压着嗓子喊：“钱呢，都去哪里了，你说过给我买它的，买到哪里去了？”战争总是以何飞胜利告结。何飞不打她，不骂她，只需嘴角带着嘲笑，说一句话。这句话他想什么时候说就什么时候说，莉丝总会悲哀地坐向一边，孤苦地哭。

女儿生下后，一半像何飞一半像莉丝，不伦不类，倒是性格继承莉丝，很小就表现出低眉顺眼来。而这本是莉丝的妈遗传给莉丝的。这个叫何小康的孩子总是站在斜坡上伸出两根手指，无休止地挖鼻屎，黄昏来时，她的妈妈莉丝来接她。在岁月的浸磨下，莉丝失去原有的水灵，需要依靠干燥的粉底和黏稠的油修补。这个美女逐渐皮革化。像本县诗人朱志华吟唱的：二十年后老子还是一条好汉，而你不过风韵犹存。

莉丝有时坐下和孩子一起看。南方的黄昏就是这样，很多模糊的分子往下掉，树木、山冈变得深沉，山后是太阳逐渐微弱呈暗橙色的光芒，就像有艘巨轮从那里缓慢下沉。没有吃上商品粮的莉丝，看完，带着同样没有吃上的女儿回到危房里去。

猎人

某某：

从地铁出来已是傍晚，走进街道像走进昏暗的鱼肆。人们普遍发臭。在我眼前总是晃动一个中年妇女的背影。她走形了，腿部像两只纺锤，上身的肉沉积于腰部，可还穿着缀着红点的白连衣裙以及尖细的黑高跟鞋，灰掉一半的头发披挂在肩，脑袋两侧结着哪吒那样的髻。她就在我眼前晃啊晃，走在平路也像是在一级一级地上台阶。

到了深夜，天反倒会蓝，甚至有白云。我坐在阳台，像坐在海底，仰望着这你偶尔也可能仰望的辽阔苍穹。

楚尘有一首短诗《地面上的在空中》：

两个本来应该在一起的人却在同一个天空下的两个地方赶路

现在两个人都回到了各自的家

我今天跟你讲的故事立足于“本不该”。在遥远的时代，有一片森林，森林里有一条赭黄色小道，小道这头有一间房子，住着一位瘦弱的少女。她一直坐在窗前，说起来她不是热闹的人，很少愿意说话。她的五官长得简单干净。一天，一位赤诚的少年走过来，她一看见，便起身，朝着小道走。他一直跟着。

很多年我都在想这艰苦的旅程。天空阴沉，无边无际的荒野被雪掩盖，一路只有几棵黑色的树，既没有黑夜，也没有白昼，永远这样，只剩鞋踩下去的声音，像一次次踩进泡松的软木。他低眉顺眼，言听计从，但这些都是选择性的，当她说出诸如“你还是回吧”之类的话，他停住，沉默不语，不一会儿又跟着走起来。有时她双手垂下（两只胳膊像是断掉），仰着脖颈，微微张开唇，牙齿顶着牙齿，无声地长嘶。她疲倦不堪。

这个故事因为翳障，出现不同的结果。如果以他为主角，则他是不懈的爱神，背负着永恒的城堡，以一种罕见的精神承受刑罚、磨难与绝望。最后愿望已不是得到对方，而仅只是为着将漫长的生命浇铸于修行。知其不可而为之。而如果从她的角度出发，则他是不折不扣的流氓——倘若是粗浅的流氓也好，那意味着推倒在地，凌辱或者殴打，意味着结束。但他并不气急败坏，他笃定能承受任何羞辱，像豺狗一样缓慢而坚决地跟随着。这条艰苦的道路是她带领的，她走到哪，他跟到哪，但毋宁说是他到处赶着她走。他是一个杰出同时又让人恐怖的猎人。

“求求你。”有一天她说。他略微痛苦了一下，轻轻摇头。“求求你了。”她泪流满面，接近歇斯底里，“你不是要我吗？你来。”说着开始脱衣。

“不。”他将她气愤的手捏住。

“那你到底要我干什么？”

他好像也忘记自己到底要干什么。他说：“我们继续走吧。”

在故事的开始，她是强者，是他的主人，拥有生杀予夺的权力，但在后来，她是十足的弱者，束手无策。这是怎样的一种坚韧与偏执啊！就像每天早上有一个人跑来，将鞭子塞到你手上说：“请务必抽打我一顿，拜托了。”

人类没有制定任何法律来阻止这种行为。

今天，作为噩梦，我已远去。当你偶尔抬头看这笼括中原、东北、亚洲以及北冰洋的天空时，或许还会为一个想法而心悸。你可能想到我也在抬头看这镜子般的天空，你可能害怕天空会将你的踪迹倒映进去。你去了远地，生儿育女。我早打听到了。但是你用不着害怕，也无须在意识到平安时展现出你固有的慈悲。我大量的纠缠与骚扰后来只停留在自己的卧室，有一年我每天写信，但最终只寄出去一封，说的还是与感情无关的事。我们说起来只见过五次面——本来还有机会见面的，但当你涂满口红在将近一百米的远处浮现出来时，我转身跑掉。那天阳光太过猛烈，道路晒得发烫，一切扭曲，我只一眼便看见你的衰败。时间这东西稳步前进，将我弄得尴尬不已。

我更愿意在没人的时候回忆那万物尚未开化的青春，回忆你干净而简洁的面庞。后来面庞模糊，回忆难以为继——我只剩麻木与空荡。我想告诉你的是，正是这场缺憾，导致偏执的我四处游荡。有时我眼看在一个地方经营好窝巢，账号和密码都设置好，有钱打进来，忽然觉得没意思便跑到另一个地方，从零开始。我和若干女性发生过纠缠，有一天我听到一句话，感觉进入迷宫。

“他也是这么说的，他觉得我有天分，想将我介绍到音乐系。”她这么说。我感到羞惭，因为我刚刚称赞她天生对乐器敏感。其实我连简谱都不识。其实她除开长得好看，别的也寡淡。她需要男人不停地赞扬她，以她为这上帝已死的世界唯一的主。而每个贱兮兮的男人都看见这个信号。我想到有多少次我都在别有用心地称赞对方，只为扯下对方的裤头。我穿上裤子，系好皮带，说：“我好像看见未来你在和一个男人说话。”

“未来我说什么？”

“你说，‘当时有个编导也觉得我指法不错，想让我深造。’而且——”

“而且什么？”

“你还会说，‘可我是不信的’。”

另一次，当我和另外一个女人在房间奔跑，手机响了。“嘘。”她伸出食指竖在拱起的嘴唇前。我听见她在和一个男人说着什么，诸如吃饭没有，家中的咖啡机是否修好，是否还准备学梵文，想不想骑电瓶车周游安义县，你要乖。我未曾想一个女人可以将同样的真诚、喜庆与热爱奉献给两个男人。但她只是在骗他，她每句话都是行骗。她骗得如此真诚啊。她说她现在正一个人走在街上，“好累好累哦。”

我便想起多年前我在兰州的女友在电话里跟我说的，也是在逛街，但是周围一点声音都没有，既没有轮胎疾驰的声响，也没有路边小贩的喧闹。“我好想你，嗯，就这样了。”女友说。我仿佛走进时间循环的河流，好像上帝一定要让我看到这些。

当这个女人放下电话来安抚我，我像沉稳的猫盯着她，说：“攻易守难。”

“怎么讲？”

“你看看这里。”我将一本书翻开，找到画过线的那句，“‘骑士，你懂得怎样迅速地获得胜利，但是，你不知道怎样保牢你的战利品。’”

当然有时我也会大受其伤。有一天我站在阳台的凳子上，俯瞰十一层以下的地皮，我的视力不知怎么特别地好，能看清每颗卵石的纹理——就像大地将自己抬到我眼前。我忘记踩上凳子是为着收衣服还是跳楼，也许两者都有。我既不想这么轻易地丢掉生命，也不想完全忘记誓言。我在最后一次给对方打电话时说：“好，你记着，你会后悔的。”

当然我一贯贪生怕死。

这个伎俩的失败让我很久不知该如何面对她。她万一要说“你不是要去死吗”，我会怎么办呢？但是没多久我便坦然。当我不得不在一个场合碰见她时，发现自己连一点点的尴尬都没有。就是这样一个她，头发稀疏能见着发黄的头皮，用台湾口音说普通话，而她是西北人——只是女人当中无关紧要的一个呀——可我当初怎么就对她那么钟情，还要死要活的？

我心里有很肮脏的一面。后来我想，世上没有比爱情更扯淡的东西。人类的一切几乎都在为爱情让步，都在哄着它，让着它，以它之名干出的事怎么荒唐都可以，都能得到原谅（或者说至少是同情吧）。但是一结婚，它的功能与意义便清晰无比。它只不过是人类为传宗接代发明的光圈。有天，我衰老的父亲从新疆乡下打电话来。数年来，他每三天都坚持打一次这样的电话：

“结婚喏。”

“结婚为了什么？”

“为了生孩子。”

“生孩子为了什么？”

“让他结婚。”

“他结婚干什么呢？”

“他结婚生孩子。”

我感觉父亲像上帝的监工，提着鞭子让我回到苦役营。他也说不出结婚的理由，只能举出反证：“你看有谁不结婚的？”或者，“你总得要有一个孩子吧？”或者，“自古都是这样过来的。”我倒是想告诉他，这全他妈经不起推敲。

先辈生育我们，我们生育后代，后代生育后代，生生不息，无穷匮也，为了什么？为子孙？那子孙又为着什么？为他们的子孙？我们到底在等待什么？在时间的尽头，有一扇金光灿灿的大门打开，还活着的人类带着所有祖先的灵牌进入永生的殿堂？或者，在那尽头，上帝要给你们放一场电影？细想下去，我们和那些我们所鄙视的猪、狗、牛、羊没有什么区别，它们也是一代代生下来的，和我们一样，奔忙于食物，又以罕见的认真，将财富与精力献给生育。我们与它们都不知道为什么。

也许是先有交配，接着有婚配，接着有生育。也许只是为了更好地获取食物（在幼年时期通过父母获取食物，在老年时期通过子女获取食物）。后来为婚配又发明爱情这吗啡。吗啡如此迷人，以至有人分不清是先有婚配还是先有爱情。他们觉得，如果没有爱情，婚姻将是多么可怕的一件事。他们因此悲伤，因为婚姻降临之时，他们对爱情的需求便得不到满足。

我觉得这些都没意思。

也许这是因为我在这方面严重失败过。

如果一开始便尝到幸福的味道，也许我会拿起枪攻击这无聊的看法。但是幸福从未真切地来到。我知道人只有一生，五十年、六十年或者更长一点。很多事只够尝一次。当我尝到的是一枚苦果时，强迫自己吞下去。来不及换了。人的一生装不下两个爱人。幸福——那曾经让人心驰神往的味道，只是长久地存在于我的幻想，就像身处地牢的人拥有完整天空。我制造出圣洁到无以复加的你，同时愤恨于现实中那些既得利益者，他们饕餮、奢侈、浪费，将苹果吃到一半，扔进垃圾桶，那些饥汉的眼神便跟着这扔出去的抛物线游动，心里发出愤怒的叹息。后来我又觉得爱情其实就是这样，没什么值得尊重的。我开始任由自己堕落。

倘若当时的结果是另一种（你应允我），我们或许可以好好生活，好好结婚，好好生孩子，周末时打牌，买辆车到郊外游荡，光明地生活下去。但是我也想象不出更多的情趣。那样的生活只是含糊的一大块，有时能看到一两个细节，比如牛奶瓶倒下，流淌在桌面，然后有一滴从桌沿掉下。就像滴墨，滴落在我心里。我不知道抚摸你手时，灵魂会出现怎样的颤动，我尚未品尝到灵魂之火通过指尖传递、燃烧所迸发出的壮烈。我在别的女人那里偶尔尝过类似的感觉，但很快消失。也许你没什么不同。

当初，你欲得到你热爱的人，我欲得到你，有人欲得到我，都遭遇严重失败。我们成为彼此的出气筒。最终，我们一无所获，按照时间或者上帝的旨意，像牲畜给自己套上项圈，选择结婚。在我们尝试望一望星空时，不小心都老了。今天当我从地铁出来看见那个肥胖的中年妇女，我感觉不到有谁还会爱她，也感觉不到她还值得谁爱。时间摧毁一切。在长长的街道，雨就要下来，没人来接她，也没人打电话给她，尽管她一直捏着手机等待。只有她自己，给自己结了一个属于青春时代的发髻，仍然披挂着初恋时的长发，青丝如剁裂的蛇皮袋。当初她是神，如今是一处生育的遗址。

我曾长久活在痴愣中，不知魏晋。但是时间从不留情，十八年过去，仿佛只有一夜。十八年前我想过，要忍住那段时光，就停在那儿不动。但是一夜过去，时间便将我们带到僵硬而冷的今天。时间这个小偷，将我们猛敲一棍，塞进麻袋，一溜烟跑到现在。十八年前的某晚，我看见你。你身上冒着新鲜的气息，像春天雨后一片嫩绿树叶所冒出的气息，它洞彻心扉，让人心驰神往。你的皮肤之下分布着绿色的静脉之河，你的瞳仁明亮而纯粹，像最黑之夜里唯一的星星。你将要吃的食物是刨冰，将要来接你的是你那穿着踩脚裤的妈妈，在你家里，你爸爸还在调试一台两尺宽的巨大收音机。那只是一个瞬间。人生的幻觉。现在那些物质都不复存在，包括我们共同听过的歌，演唱者都死了。

我很多年没写信——这次写仅仅是因为有人组织大家来写一封属于心灵的信，以抵抗物欲横流或者说太过科技的生活方式。我找了很久，没找到一个合适的书信对象，也就是说，人类当中，没有一个值得我去向他倾诉。最终我估计很多人和我一样，将信写给遥远同时无关的你。我喝了很多酒，这时的我油滑、狡诈、自轻自贱，像一块塞满油腻污垢的抹布。而在以前，我写过大量的赞美诗，它们存放在箱子里。有一天，我不识字的妈妈说："将这些信烧了吧。"我惊诧地看着她，将所有写给你的信烧了。烧的时候感叹号四溅，我感到痛惜，心想以后你要是回头找我，我该如何提供这么多年还在爱你的证据啊；同时，当我年老时，我该如何向自己提供我还曾认真爱过的痕迹啊。但很快我便想开。想让狮子爱上蝗虫，压根不可能。这本应是人间最清楚不过的规矩。同时，即使你想过爱我，我也没办法振作，或者说，我对你对自己都感到厌恶了。而老去以后，也没有比等死更平稳的生活方式了。

某人

2011. 6. 19

模范青年

1

我第一次见到周琪源是在警校外的餐馆。在青云谱这条窄街，开着几十家商店、理发店、餐厅、游戏厅、录像厅、台球厅以及卡拉 OK 厅，黄昏时，老板们走出来，亲切地看着穿草绿色制服、到处游荡的我们，仿佛彼此相识已久。这是让人生疑的地方，我们的父亲毫无疑问表示出忧虑，可他们刚一转身离去，我们便拿着他们给的钱包阔绰地消费。

每个月父亲会汇来四百元，这在当时相当于一个普通公务员的工资，我有办法解释都用到哪里去了。我曾报名本科自考和驾照考试，要来几千元，但在招生办收钱时，我说：“我想清楚了，还是不报了。”有天，父亲来南昌进货，顺道来警校，在寝室没找到我，便按室友指点来到游戏厅。“你拿我的钱都干了些什么？”他咆哮道。我面红耳赤，无地自容。来往的同学停下来，看一位穿着大披风的父亲训斥他那已长大成人的儿子。这大披风深蓝色，薄而经磨，一直盖住膝盖，搬运工在搬运化肥时喜欢穿，肩膀处往往留有白渍。我想说：“玩怎么了？玩也是做警察，不玩也是，几年后给你做一个警察就是了。”但最终一声不吭。

学习毫无意义。开学第一堂课老师便说，拿出你们高考时百分之七十的精力就可以了。我们问老生，他们说最多只要百分之五十。最终我们有的考试是开卷考的，老师会提前告诉哪里要考，让我们留意。

因此，当循规蹈矩的周琪源走进那间地下室在放录像的餐厅时，我们感到诧异。我们敞开外衣，解下领带，将一只脚踩在凳上，松松垮垮，而他仪容整齐，还在用一根绛红色的大腰带扎紧腰身。他坐下时，双腿并拢，上身笔挺。这是听话的好孩子，也许睡觉时也是笔挺的。“对不起，来晚了。”他说，牙齿像医生一样洁白、齐整。就是这口音让我们明白以后彼此可能的关系——他说普通话，而我们这些来自瑞昌市的老乡则习惯用江淮官话和赣语。这两种方言在不停的融合中变得越来越靠近，最终变成内心相视一笑的东西，我们用它说瑞昌市公安局的可笑事情。他的到来使交谈成本增加，我们觉得身边坐着一只让人不安的猫。

他来自江州造船厂（又名六二一四厂）。在我们那个县级市，这样的三线厂还有新民厂、人民厂、四五九厂，像是上帝投放来的几座孤岛。他们上学、买菜、看病、做爱、造冰棍都在围墙之内，过着北京上海的生活，让我们觉得是天潢贵胄。有时我们也会为他们被钉死在此地而幸灾乐祸。

我们像是被迫被划到一个科目的两种动物，根本不能算是老乡。

他的长相也会轻微灼伤我们。我们会从他细嫩的皮肤、倒三角的肩背想到我们很少涉及的牛肉和牛奶。他有一管高挺的鼻子，灯光在鼻尖和唇角一块制造出美术般神秘的阴影，使他看起来像古希腊雕塑。他既不抽烟，也不喝酒，无论怎么撩拨，都保持一种不会得罪人的微笑。我们决定以后再不找他了。

2

现在想起来，警校三年，周琪源就像雾中的影子，或者一个刚结束的梦，存在过，却想不起来。很多孤独、喜欢自我消化的人都这样。他们是写作者的难题。

学校有两位来自江州造船厂的教师，一个教军事体育，一个教普通体育，因为有打分权，我们喜欢走动，有时还会买些菜去教师宿舍做饭，就像是真的老乡。我从来没在那里见着周琪源，也许他们更亲近点，无须走动。散打考试时，我对着抽签过来对打的人使眼色，我想只需点到为止彼此便可通过，他点头同意，却将我打趴，还像个真正的拳手那样斜着眼仁看我。同样文弱的周琪源在台上跌跌撞撞，努力执行教师教的技术动作，得到足够有效的分数。他没有向考官投去可怜兮兮的目光。

有时，当夕阳消失于远处树梢，透过寝室外的栏杆，我能看到周琪源走在通往食堂的过道上。他像修士低着头，提着开水瓶，以一种急促的节奏走过去。他的表情像石尖一样坚硬，脑子沉浸进一种思考。对面的人会为他让路。他符合我对求知者的想象，有一天也许会将糍粑蘸着墨汁吃掉，或者撞到树上。对他来说，走路、吃饭、打开水、如厕都是不得不应付的事情。要是在中学，我会嫉恨这种人，他们总让别人不好活。

因为想找可能的爱情，我会去一下图书馆。在那里，周琪源争分夺秒地抄写笔记，面前摆着一堆专业杂志和参考书——就像贪婪的孩子在面前垒上最多的食物。他是他们中队的学习委员，混到这里帮忙，可以将书尽量多地带走。

每逢假期，我们都会感到兴奋。我们迫切想测试制服带来的威力，跑到高速公路拦车，并恶狠狠地搭乘它们回家。有人因此被撞死，或者因拦到省领导的车被开除，但这并不能阻止我们。有一次我们老乡集体上了一辆卡车，风吹拂发丝，我们像坐着冲锋舟在河流里自由穿梭。每当路过一辆车，我都会伸出右手食指，假装它是一根枪管，对着司机瞄准。一位老生打掉它："万一对方当真了怎么办？"我觉得在理。后来我们看到一辆中巴车里有周琪源。这些中巴车车顶用粗绳绑着一米宽高的货物，塞满各种受生存之苦的人，行驶极其缓慢。周琪源单手展书，念念有词。我想那些乘客会感到不安。

他有些辱没这身制服。

老生说，在九江市，只要你穿制服上公交车，就会有人让座，你买票，售票员会微笑拒绝。我们或许应该教给周琪源点什么。但一想到他迟早会走上不同的道路，便懒得兜售这些粗鄙的经验。在学校有一位老师，总是喜欢展示自己原本可当一名武夫的魁梧身材，告诉我们如何通过自我克制成为一名文化精英。

“在这所学校里，每个人都存在两种可能性。”他说。一种是平平淡淡地混过三年，毕业后成为三级警司，到一定年限晋升为二级警司，三十岁左右变成一级警司，最后混到局长的（那意味着整个生涯差不多结束），会是一级警督或者二级警督。“现在你们看看我这里，这是另一种，”我们看着这个年轻教师肩上的警衔，“没有人说你是专科生你就是专科生，我就是通过自学有了本科和硕士文凭。你们即使不同意知识对自身的好处，也应该看看知识所带来的工资和职务上的收益。知识它迟早会散发出它的力量的。”

许多人信誓旦旦，试图走后一条道路，不久便万蚁噬身，半途而废。我们其实每天都盼望放假，好早早去派出所实习，领一把手铐，逮人。

因为一次凶狠的吵架，我猜测周琪源想留校。在一次实地课上，教师骑着黄绿色三轮摩托绕着跑道示范，那些已在实习时玩过摩托的人指指点点，言辞颇不恭。“你们说谁呢？”周琪源忽然说。大家面面相觑，看着原本脾气很好的他眼露凶光。因为不能习惯这过于认真的表情，同学们和他推推搡搡，差点干起来。这事使周琪源更加孤僻。摩托老师是他的亲叔叔——明白这层关系后，我们觉得他留校应该没什么问题。

3

忽然一天，我们毕业了。在忙乱中，一位熟人问我愿不愿去医学院保卫科，我摇头，那是事业编，不能穿警服。几天之后便后悔不迭，此时学校已空如废寺，满道的黄叶无人打扫，青云谱街的店铺也已关门，偶尔只有一辆公交车疾驰而去。穿白背心的门卫带着他的痴呆儿子将铁门推上，我再也回不去。

我坐着豪华大巴通过南昌八一大桥，看到高耸的双塔像一扇放逐的门；下午换乘破旧中巴离开九江市西二路时，大道两边矗立的两栋大楼也像一扇门。我回到潮湿、矮小、灰暗的县城瑞昌，在城市被切割、遮蔽的阳光照在这里绰绰有余。九月份，公安局分配毕业生，我接通知去洪一派出所。我一直不知瑞昌还有洪一这地方，父亲说：“很大，人口很多。”

我在局大院一堆小巧的富奇吉普里找到那辆庞大的仪征车。司机脸上长着红色胎记，正咬着腮帮用起子旋车门螺丝，尔后不停关它，试图关死。当天我们朝县城西边出发，每经过一段油菜花地来到一座小镇，我都以为到了，司机却只是加水。后来它翻上一座海拔千米的大山，汽车力不够时，我跳下去寻找岩石，将后胎顶死。

一共用了两个半小时，我们抵达洪一。相当于从省城到县城。它没有一寸柏油路，因为下雨被车碾过，地面隆起一道道刀子般的土槽。乡政府所在地只有两排不足五十米长的矮屋、一家由农业户口经手的邮政代办所、一个由汽油桶充当的加油点（每当有人加油，老板便将胶管插进油桶，将汽油吮吸出来，接进油箱）、一家理发店、一张台泥严重缺损的台球桌以及一间由民居改建的餐馆。据说派出所初创时就在餐馆二楼办公，现在用的是信用社老房，过去办贷款的地方变成户证窗口，银白色的栏杆有时铐一两个低着头的人。

省——市——县——镇——乡——村

晚上九点土街漆黑一团，我躺在床上静听河流哗响，会想到这样的结局。不可能有比村更往下的地方，世界尽头。我在这里谈了两段恋爱，说起来可能只是为了找点事做。其中一次爱上的只是一件来自北京的风衣，她不穿它，她便不再神圣。

一天下午，我独自走向一座山峰。在山顶，我看见远处绵延的还是山，洼地里生长着和这边一样的房子，一些农民拉着牛从路上沉默地回家。时光暗沉，黑夜像两只巨臂将要箍向我，我啊，就要和温柔的姑娘在这里生儿育女，生活一辈子了。我因此泪流满面，赌气式地发誓，现在就出发，去镇，去县。仿佛不过瘾，还要去市，去省城，去沿海，去直辖市，去首都，去纽约。在纽约，高架桥车来车往，街道清澈得可以照见人像，飞机的影子像鱼儿游过夕阳照射之下的摩天大楼玻璃墙。

此时，周琪源一定待在省城警校，晚上定点睡觉，早上准时醒，精神振作地走向放着各类文件夹的办公室，完成各项指派的任务，闲暇时跷二郎腿，喝好茶，看报。他和所有同事说普通话，就是点头也有这种话才有的生分与庄重——他们在没日没夜地说普通话，而我在没日没夜地喝酒。我和那些在洪一的县城人组成默契的群体，每到傍晚，不用招呼，走向那没有招牌的餐馆。老板早准备好菜肴，他知道我们喜欢吃什么。

“我要去纽约。”我说。随即出现放浪形骸的笑声。是我在笑，他们跟着笑，最后笑声遥远，像是久远的事。我们低头，坚韧地喝着当地酿造的谷酒。这种酒后劲大，我们回去，即使躺下睡着，也会被一种欲望催动，找到月光下的菜地，将食指探进咽喉，不停呕吐。我们吃下的全都丑陋，散发着农药那样的腥气。

你们终究会看到自己的遭遇。在警校时，那位老师说。他像上帝掌握太多成败的数据，并依此宣讲真理。现在我们这些糟糕的毕业生再次成为他的证据之一。

4

在洪一待了一年半后，我对爱情表现出不耐烦。而她向一个人告解，后者说：“男人最看重的是面子，你应该让他吃吃醋。”有几天工夫，土街上出现一辆太子摩托，电子打火，无级变速，一个皮肤白净的年轻人骑着它在派出所门口来回奔驰。我坐在门口阴沉地看《参考消息》。女人紧抱着他的腰，头依偎着他背部，看不出来有多幸福，也看不出只是演戏。没几天，我便搭乘仪征车回了县城。

我再没回到洪一。她费劲地解释："那真的只是我的表弟。"甚至哭起来，我咕哝着一堆自己也听不懂的话，等着挂电话。后来我爱上在县城条管单位上班的一位姑娘，我爱上的不是明亮的眼睛或者性感的嘴唇（她没有），而是她脸上长满我的前途。人们说："脾气不好你忍着，等结婚后，就听你了。"他们真是过虑。导致这事黄掉的是一场牌局。在那个由她组织的局里，四个追求者（包括我）每张牌都打得钩心斗角。我忍受不下这个。这事让一家人反复嗟叹，直到在外地的哥哥回来，说："假如有一天你去了九江市，她算得了什么？"

"问题是他怎么去九江？"姐姐反驳道。

公安局大院在明理巷尽头，有一个圆形操场，靠南是栋三层老楼，一科、二科、三科、户政等科室盘踞于此，靠西是栋三层新楼，行政、财务、纪检等在此办公。指挥室（也就是局办）在西楼一层，一共有三间办公室，我被安排进最小一间。它只有几平米，即使白天也开日光灯。窗外有一堵围墙以及一块粘着垃圾的空地，门外则是阴暗的走廊。房中间摆着两张老办公桌，地上泛着拖把拖过的腥气。

一个人已坐在那里，背靠门，面朝窗（后来我想这个位置的好处是不必总是抬头看走廊上走动的人），低头看红色账本，上边用蓝黑墨水抄写着密密麻麻的英语单词。他在背诵它们。"琪源，你怎么也在这里？"我诧异地说。他笑嘻嘻地，眼睛眯着，跟我一样亲热："可能他们觉得我文笔还可以。"

"我还以为你留校了。"

"没有没有。"

他略微有些愧疚，但并不哀伤。然后他从一卷卫生纸扯下一段，擦拭鼻孔，就像擦拭一件金贵的机器零件。他擦得那么细致、认真，爱惜鼻子啊。后来每天我都会在纸篓看见一堆像花骨朵的纸团。

一九九七年他就和我们一起分回瑞昌，只不过因为一些事分得晚些，去的是黄金乡。那地方就像它的名字，充满矿产资源，时常引发江西、湖北两省群众纠纷。现在我们都调进局里，并一起待了两年多。我们写通知、简报、信息、通讯、报道、先进事迹、领导讲话以及年终总结，写、写、写，有时被领导画个大叉，有时还得去会议室倒开水。每天下班，我都像被刮过一遍，遍体鳞伤，躺在沙发上发呆。

"今天如何？"父亲会问，我取出县报，指出发表位置。他戴上眼镜，走到灯泡下，一行行往下读，然后面无表情地递还过来。他不会给哪怕一丁点夸赞。他只喜欢命令我。有一天他说："出去转下喏。"我知道这意味着什么，便说自己下乡时看见路边一个姑娘长得好看。我是随口说的，并不奢望这沉默的际遇会带来什么，几天后却被叫到一个神秘的远亲家。她已坐在那里，穿着她单位的制服，个子高而匀称，脸色红扑扑，头发茂密乌黑，扎着马尾辫。我们从此算是恋爱了。

一天，家里闯进一群砌匠，将三楼全面占领了。

“要刷什么漆？”母亲急匆匆地请示我。

“你想刷成什么样就刷成什么样。”

“这种事怎么能随便呢？”

“那就刷成白色的。”

他们用最好的白漆将白墙再刷一遍，装上华贵的窗帘，买来席梦思。我是真喜欢她，甚至是恶狠狠的喜欢，就像喜欢是一种寄托。没完没了地喜欢一个人就像没完没了地喝酒。

在赤乌中路一家储蓄所门口（那里后来出现县城第一台ATM机），每至黄昏，便会摆出许多夜宵摊，卖炒粉、螺蛳、小菜。我在县城结识下一帮弃民，抽烟，喝酒，醉伏于桌沿。我们时常口齿不清地谈论着北京、上海，彼此打气，因此到现在我还记得这样一些警句：1.长风破浪会有时，直挂云帆济沧海。2.有志者事竟成，破釜沉舟，百二秦关终属楚；苦心人天不负，卧薪尝胆，三千越甲可吞吴。3.当我们对一件事表现得犹豫不决时，不妨问自己一个永恒的问题：我还可以活多久呢？

有时我也讲我哥。我哥在县城矿产局上班，忽然失踪，半年后才从杭州打电话来，说已是一名程序员了。“此前呢？他一直在捡垃圾。”我添油加醋地说。他们低下头，啧啧有声。这样的英雄很难做。我们只有大专文凭，不怎么会外语、计算机和驾驶，而这是盛传的二十一世纪三大通行证。我哥曾说：“等你什么都学会了再出去，就老了。”但我还是气短。

我没有说我两次出门的事。一次是天津（北方干燥的空气使我出了很多鼻血），一次是南昌。楼有入云高，人们戴眼镜，我像老鼠沿街边走，不敢按电梯按钮。其中一次面试对方排出十几人阵势，轮番鄙夷地看我的简历。在回家路上，中巴车发出松垮的声音，朝着夕阳爬行，大城市在背后越来越远，我不属于它。而父亲总是站在家门口看我归来，几乎是控制不住地笑。他的眼神既慈悲又嘲讽。

我紧抱着女人，而她像个木鱼。也许只是她妈妈认为我有个体面工作，家庭条件不错，她才跟了我。有时饭局上他们会讲到对她不利的消息，比如BP机可能是别人送的，我不在乎。直到弟弟郑重地说："哥，有件事不知道该不该说？"

"你说。"

"你女人跟一个男人游泳去了。"

"游泳不算什么。"

没多久我却愤怒地对她吼："分手。"

"好，是你说要分的，不是我。"

我愣在那里，许久才知回击："那好，把我送你的八百元还过来。"此后这笔钱通过邮局汇来汇去，就像谁都不要的脏东西。有一天我在电话里说："别再汇了，这样下去光手续费都上百块了。我只为跟你说最后一句，以后就是你找我，我也不要你了。"

那时我眼泪储得太多，快管不住。但是我看到偷听电话的妈妈。她眼里闪着欣喜的光，一定是觉得我顺利走出噩梦了。"天下女人多的是。"她说。

“是啊，多的是。”

作为完败的人，我常去人工湖西岸独坐。湖面墨黑、深邃，一颗细石丢下，涟漪慢慢扩大，来往走过的人有时光凭脚步声就知道是谁。都认识——没一个不认识——没有概率——也没有奇迹——死气沉沉。我慢慢出点眼泪。不一会儿，湖面起波，整个地皮像被什么耕了起来，隆隆作响。一列火车声势浩大地开过对岸，通红的车窗倒映在水中时，辉煌得像只巨大的红泥鳅。然后它就没了，远处剩下一动不动的青黑色山脉。

我合该在麻将桌上老死。有时，我们组成的麻将局是这样的：

退居二线的老同志（北）

主任（西）……………………………科员（东）

副主任（南）

总因为某人手气不好，大家按顺时针方向换位。这样，二十多岁的科员变成三十多岁的副主任，三十多岁的副主任变成四十多岁的主任，四十多岁的主任退居二线，变成五十多岁的老同志。牙齿变黄，皮肉松弛，头顶秃掉，一生走尽，从种子到坟墓。

我变得善于嘲笑自己和他人。在契诃夫的话剧《三姊妹》中，向往莫斯科的玛霞说：在这个城里学会三种语言是一种不必要的奢侈。甚至还不能算是奢侈，而是一种不必要的累赘，好比第六个手指头一样。我也会夺过周琪源手中的《英语辅导报》，说：“难道我们这里会出现外国犯罪嫌疑人？”

他嘿嘿直笑。“有什么用？”我承认我有攻击性。这句总是由我父亲判定我的话，被反复用在周琪源身上，“有什么用？告诉我有什么用？难道有一天我们要用英语写材料？”

“个人爱好而已。”

他努力笑着。真是好脾气。高考前一个混混曾扯着我的衣服说：“考大学有个屁用。”当时我又气又急，恨不能踢死他。但现在我喝多了，我对着周琪源说：“你说你是不是傻？”

“是啊，我傻。”他说。

我愣在那里，被一种语言的魔力统治。我忽而想，自出生以来有很多事我本可以不去做的，只因不知道用这个方式回答。

“琪源你不傻，只是不值得。”

“是傻。”

下班时，他诡黠说：“不要说我在学英语。”

“好。”我回答得干脆利落，却是早将它讲出去。在一些人那里，我看见一种微微上斜的眼神，那是一种深刻的嘲讽。他们见过太多类似的悲剧：“总有一些怪人。”

应该说是我们这些本地人将说普通话的周琪源孤立起来，也可以说是他将我们孤立起来。总之，他像一个游魂在大院飘游了很久。如不是要到小吃店吃四元一顿的快餐，他甚至可以不出大院。后来巡警大队在大院建起来，他改去大队食堂吃（只消两元一顿，一荤两素），果真就不怎么出院子了。下班后，他总待在南楼二楼一间凸出的杂物房内。大概七八个平方，过去是打字室，冬冷夏凉。他弄了一张床、一只台灯和两只木箱。他将木箱垒起来当书桌，对着墙上的计划表（想起来上中学时我每个学期也会列这样一个表），研习英语、论文以及考研材料。旁边是一只因为洗衣粉泡久冒出死鼠气味的洗衣盆。

起先，总会有同龄人找他聚餐。他一两周会出来一趟。后来去的人便少了。有一次我说："这一次你非得去，师兄回来了。"他脸皱起来。"去吧，去吧，"我强扯着他，"不去不合适。"

"我有事。"

"什么事？"

"材料没写完，明天就要交九江市局了。"

"真的啊？"

"真的。"

"真什么啊？"我拖起他就走，"人家还专门念叨你呢。"他似乎也懊悔这个谎编得差劲，失魂落魄地跟着走，我感觉拉着的是一件没有知觉的物体，我在用力拖着他走。停过的雨又下起来，我们站在马路边等。

"你看也拦不到车。"他说。

"再等等吧。"

过了会儿，我们走到一间超市屋檐下。他眉头紧皱，脸相扭曲，焦灼得像正在热恋，肉身却要被解送至西伯利亚。而我则沉浸在对完成一件罕见任务的期待中，我已成功一半，甚至可说成功一大半了。一辆面的劈波斩浪而来，急刹车。我拉开车门钻进去，坐在里头等待。风雨刮进来。他像驹子跑进雨雾深处。“琪源，琪源。”我徒劳地喊，接着咬牙切齿地骂娘。

在我所见之内，他没有喝一次酒、抽一次烟、泡一次妞、开一次车、打一次牌、唱一次歌（连哼一句也不会）。他跟我们管作“生趣”或者“男人娱乐”的东西绝缘，甚至连制服以外的衣服也不穿。他躲在灰暗的杂物房偷偷经营自己，就像是要发明飞机大炮，或者在那里修一条通往智慧之巅的隧道。

有段时间，他脸色憔悴，瘦得明显，本不茂盛的头发显得凌乱，平时挺括的衣服也有了褶皱，而嘴角要么挂着牙膏残渍，要么飘出一些不好闻的气味。他坐在我对面，就像我不存在。一会儿将稿纸揉成团扔进纸篓，一会儿手撑在腮边沉思（食指和中指间夹着一支笔），一会儿呕出一股气，一会儿张开手指让它们像耙子耙着头皮——他们这些该死的思想者总是这样。有时一整天写不出一字，有时能写十几页，看得出来那样写时，他就像冲浪选手在轻盈的浪潮间跳跃，或者像纵火犯，就是将自己烧进去也在所不惜。最后，他用额头敲着桌沿。

“怎么了，琪源？”

“走题了，他妈的写走题了。”他说。说实在的我有点怕。还好总有风平浪静的一天。他恢复原来状态，一身整洁、步履稳重地来上班，说话、做事甚至打盹都显得有条不紊，就像一台控制良好的机器。有天他扔下一个黄纸包裹（上边印有“印刷品”三个红字），甚至有心情去隔壁办公室煲一个电话粥。

我撕开包裹边沿，从那十几本一模一样的杂志里抽出一本。《预审探索》。创刊于一九八七年，审讯领域唯一的理论刊物，处于警校图书馆的醒目位置，老师谈论、引用和试图攻占的对象。现在，一个县级公安机关的小职员在上边发表了署名论文。相比之下，我在《瑞昌报》和《九江日报》发表的零星侦破通讯算什么？一个盗牛团伙覆灭了？一件骗保案还在进一步审理之中？我不得不接受一个事实：在我们当中出了一个罕见的人物。但这是我不想告诉别人的事情之一。我宁愿相信，第二天，瑞昌这个县级市，路面仍然跑着车辆，街边仍然摆着摊点，好色之徒仍要扒灰，天亮又天黑，没人会在乎一篇让远方学刊编辑部兴奋的文章。虽然从某种意义上说，我是他的一个隐秘朋友，没人比我更理解他。

5

他发表的论文越多，周围便越沉默。说起来他终归是无关的人，未来走了也就走了，没走也形同走了。我被借调去瑞昌市委组织部，有次，见多识广的司机说："你四十岁时或许能混到副处级。"我掐指一算，感觉人生寡淡，不过如此。

夏日的某天，我陷入进一种兴奋与惶恐交织的情绪，抱着一肚子话，走向公安局指挥室。原来的位置坐了一位更年轻的人，他打烟，说你是艾哥吧，我说是。然后他坐下继续写材料。离开大院时我才看到周琪源。他的头发又乱了，脸色苍白，一脚踩脚踏，一脚踮在地上，正准备去邮局。是辆生锈的赛车，后座夹着一份《人民公安报》。

“你在上边发表了？”

“是啊。”

“为什么还夹着它？”

“我想小偷看到时，知道是警察的自行车，不敢偷了。”

“是吗？”

“是啊。”

然后他无声地骑走了，我眼前只剩一片空无而光明的水泥地。整个瑞昌市，几十万的人口，没一人可与我分享当下。我可能要永远告别此地，也可能永远地成为一个笑话。几天前，我在网上看到招聘启事，将简历和几篇文章发过去——从来便没什么希望，偶尔的回音是，“你过来，让我们看下。”而这次，有一个粗暴的声音通过电话命令我：

“过来！马上上班。”

我从未想到机会会这样降临，我刚在报上读到“小心招聘陷阱”的文章，而且对传说中的河南人也不信任。一个警察被骗了，会是一件怎样丢人的事？

父亲说：“明明骗你的，你还去干什么？”

“骗我什么？将我拐卖了？”

“也不是没可能，你对这个社会根本不了解。”姐姐说。父亲接下来说：“我倒不怕别的，就怕你丢掉在公安局的工作。你在那边没上到班也就罢了，要是这边工作也丢了，几可惜。”

“我就想去看看。”

“有什么好看的，来回不知道糟蹋多少钱。”

就是这话让我生了非去不可的心。我喝一大口白酒，沉默地离家。父亲坐着，身躯颤抖，眼冒怒火，母亲则深情款款、充满怜惜又欲言又止地看着我。在一楼门口，奶奶抱着被子坐在地上。“不能出去啊，你要出去就带我一起走。”她说。

我仰着头，让她用糊满涕泪的手捉住我的脚。眼看她就要依偎着我的脚睡着，我拔出走了。身后传来一阵撕心裂肺的号哭声。我转过身，跺着脚，像对一条狗那样喊道：“别哭啦，别哭啦，我又不是不回来。”而她仰起下巴，像拉小提琴那样拉着自己的脑袋哭。我看到她盘根错节的手指在徒劳地捏着棉被，一会儿又疯狂扑打起来：“我要死了，就要死了。”我赶紧跳进面的，一溜烟去了火车站。

次日上午我抵达郑州，面对鳞次栉比的高楼展开双臂，低喊道：“啊！”这是一个仪式，我来了。心里却虚弱，在走向陇海西路时感到腿发飘。

我在郑州晚报大楼门前等了五个小时。它装着茶色玻璃，有二十层高，像冷漠的雕像或上帝，审判着下边渺微的我。我提着难看的包，在金属滚动门外焦灼地游荡，不时偷眼看穿着淡灰制服的保安——他也不时看一眼我。我尽量表现得像是在等一个熟人。

每当有人走来，我便满怀期待地迎上（又不敢表露出期待的表情）。他们斜眼打量，毫无表情地走进去，我极其失落。中午妈妈打电话来，问："怎样了？"

"还在等，快了。"

"家里在吃饭。不好就快回来。"

她这样说我心里便起了深重的悲哀。一直到下午三点我才敢拨通招聘人电话，他像不记得这事，嗯啊很久，才说："你等着，等我刷完牙过去。"夕阳将尽时，他拖着拖板走来，说："你是艾国柱吧？"

"是。"

我的体力顷刻耗尽。不过当他将手搭在我肩膀，带我走进大楼时，我又陷入进一种巨大的温暖和由这温暖带来的羞涩中。他将脚丫踩在茶几上，说："小伙子，以后就在这里做。"

"就这样？"

"是啊，就这样。"

"怎么做呢？"

他像土寨主那样宽宏大量地笑起来。不一会儿，他喊来一位穿白衬衫、戴眼镜的年轻人，说："这就是你的老师。"那人点头哈腰，带我去了编辑大厅。后来我知道这老师其实是实习生，叫郑江波。当夜，我被安排进报社宿舍，铁栏杆，上下铺，地潮，里边已住进一人，我请他吃酥糖，并看着他吃完。他沉默寡言，像根木头，倒头就睡，不久打起鼾。我睡不着，走到窗前，外边黑魆魆一团，连风也是陌生的。我没事干，出了一堆眼泪。

原定只是向组织部请假三天，我却一直待在郑州。家里总是叹息。有天，公安局政治处打电话来，问是什么意思，我支支吾吾。“小艾啊，赶紧回来，不是什么好事。”他们交代道。我苦楚于报社迟迟不与我签合同，以至每接过故乡电话，便大醉一场。他们不同意停薪留职，不同意保留编制，也不同意请假，就像是我的奶奶，只想着我回去。有段时间他们又不打电话，我拨过去，他们说：“已给你办成自动离职了。”

就像有什么东西掉下深渊。一个地方永远回不去了。我失魂落魄。但他们其实很仁慈，在我离开后还发了半年的工资。

一直等到在报社转正，我才请假回瑞昌。那是冬天，说话时口冒白气。过去在瑞昌工资只有八百，酒席需两百，一般公家报销，这次衣锦还乡我已月薪二千八，便在宾馆请了一桌。我叫周琪源，他不来。他好像已调到政治处，从一楼调到二楼，从公安局调到公安局，还是写材料。开席后，一个欢欣鼓舞的老同学将他逮了过来。

我口若悬河，讲了很久，听到赞唱：“国柱，还是你有勇气。”便醉醺醺摆手，假意叹息：“说白了我现在只是一个打工的。”他们不干，虽然他们对我没什么羡慕的，却还是一定要隆重地赞美。其中一位变换普通话，说：“琪源，我怕是你也会出去哦。”

他猛然一惊，尴尬地说：“我不出去。”

他一直坐在角落，眉角下压，看着油腻的小块桌面，有时悄悄夹一两粒花生，夹不住的话，就放下筷子，将双手插在大腿间。恍恍惚惚间，他一直存在，后来定睛看位置却空了。外边很黑，他应该像鬼魂融了进去。我有个三表姐，高考八年不中，而我哥应届就考上本科，办酒时一位亲戚说："老三，既然你学文科的，理当会些祝词，不如你来开个头。"当时我看到红色的血像闪电在她脸上闪了一下，心想这般羞辱还不如一刀刺死她。

我在郑州待得并不舒服，始终没分到工位。每当我正在使用电脑而又不得不站起来将它让给别人时，总是羞愤不堪。我发誓在工位与电脑施舍下来时，离开报社。我总是赌气发这些誓，不知为什么它们总能应验。前一个誓言——"以后就是你找我，我也不要你了"——也应验了。一天，当我和一帮全国各地的网友在湖南聚会，当我正努力追求一位喜欢旅游的外地姑娘时，那梳着马尾辫和别的男人游泳的家乡女人出现了。神情破败，眼窝深陷，还没找到我眼泪便流了一脸。她是从我的一个网友那里探听到活动地点的。我坐立不安，想钻进地缝消失。这个当初爱过、后来恨过、现在又跑来揭示我县城背景的姑娘，让我难堪死了。

"我说过不要你了。"

"不行，我赖着你要，就赖着你。"

在路上她惊惧地跟着我，只要我稍微心软，她便破涕为笑。我觉得她是想讨好。也许盼望我揍她一顿吧。我将她强行塞进开往故乡的中巴车，一再祈祷那些殉情的事不要因我发生。我搞不懂她为什么转变如此。

在工位终于要确定时，一个过去用过我稿子的武汉编辑说："以前想去上海时没机会，现在有机会了又结婚了，你说我该不该去？"

"你介绍我去呀。"

不久我去上海见青年报体育部主任，敲定加盟。我也能跳槽了。我很兴奋。据说在我离郑后，一位女孩说：“我要是去火车站送的话，他可能会留下。”我有些难过。这个姑娘我不知道能不能算好过，总之将她带到过租住房。只有几平方米，洗衣盆泡着几天前的衣服，地面潮湿，被子冒湿气，一张空心榻榻米是房东从按摩房搞来的，中间塌陷，像一口锅。我陷入爱情的神圣里，以为她的挣扎只是处女的不安。直到她侧过头，鼻子清晰地嗅了一下，我才悲凉起来。在她头也不回走掉后，我猛下一脚，将榻榻米踩穿。

6

我：“你说招聘邮箱是你看的，那当年招聘时，我是淘汰多少人才被选中的？”

郑江波：“招聘启事挂了十几天，只收到你一份简历。”

7

从二〇〇二年夏二十六岁出门起，我先后游历郑州、上海、广州。这是三个寂寞的城市，我要么租住郊区，要么租住城中村，吃快餐，坐公交，泡澡堂。每离开一个城市，我都会责怪一个女人。现在我对她们的记忆只剩一两个细节，白嫩能看见底下绿色静脉的皮肤、挂在窗台拳头大的内裤或者见面时被强光灯照射的淅沥夜雨。

有一个在同居三周后，绝尘而去。我给她打电话，前一小时可怜兮兮地恳求，后一小时恶狠狠地威胁——我将要干什么，将怎样，我会办到的。后来我在读阿兰·德波顿的《爱情笔记》时，知道这是“爱情恐怖主义”。她说对不起，最终不耐烦地挂掉电话。我提着凳子晕晕乎乎走向阳台，踩着它看着楼下，不一会儿腿脚打抖。楼下沉默走着的一人仿佛预感到什么，抬起头，嘴巴张得老大，飘出无声的呼喊，然后像受惊的羚羊跑了。我当然没死成。

二〇〇四年，朋友阿丁召唤我进京。当时北京这家报纸提供的条件是：实习然后再确定是否转正。而广州原单位的领导许诺让我做主笔。我提着一皮箱书、一皮箱碟搭火车进京，住进阿丁的租住房，每天在光滑的水泥地睡到中午，腰酸背痛地听许巍的《故乡》，然后跟着阿丁穿过南横街，吃驴肉火烧，进报社。

有时的周末，我会去王府井逛，手指像鸡毛掸子拂过一件件红色、黑色、白色、灰色甚至彩色的中国外国风衣，像主人那样看来自全国各地、说各种方言的游客。然后去新东安市场看电影——在故乡，电影院已成会议室，有时会招徕一些草台班子跳艳舞，最终悄无声息地拆了。

我不再热衷回乡展示什么。他们说的话千篇一律，“佩服你的勇气”，但有一天一位朋友告诉的是另一种说法，“大家其实觉得你很傻”。我被触怒，心想再不认这破败故乡了。此后回乡，我都将它视为不得不完成的任务，克服、忍耐、住几天就走。父亲说：“出去转下喏，那么多老同学，就是体验生活也好啊。”我便出门到游戏厅玩几小时。县城人的眼光是审判的，它们根据衣着和手机推测我在外拥有的财富及地位。他们判断得很清楚，却还是要问：

买房没、买车没、结婚没？

没、没、没。

他们便抚摸我的肩窝，说：“弟啊，年纪也不小了。”

有天，我做了噩梦：在一种难以违逆的催促下，我答应回县城生活。父亲露出孩童般的笑容，说：“你总算回来了。”我晦暗下去，好像北京永远地关上大门。那些过去的同事朋友都来探望，说要得要得你回来要得。

“这次不跑吧？”

“不会了。”

我说得眼泪出来了。

很快我在家里的床铺和单位的办公桌都安排好，我看到它们，就像看到僵硬而憋屈的一生。我把那个送我回县城的北京姑娘带到雨地泥泞里，操了半天，她就是平静看我，说别急别急。我说都什么时候了还不急。后来送她走，火车站冷，大雪覆盖于铁轨，一列火车喷着气，扑哧扑哧驶来。我一只脚站在踏板，一只脚站在站台，犹豫不决。直到火车拉响鼻子。

仓促醒来后，很久我不知身在何处，直到确信这是北京，才安下心来。对故乡而言，我已经野了，或者说忘本了。但我仍旧是周琪源的隐秘朋友。我们属于霄汉，懂得穿州过府对人生的意义。

我最后一次见到周琪源是去公安局找熟人，为弟弟办个事。那熟人是外县的，比我们晚进公安局，已娶妻生子，跟我说“服恩邹”。在瑞昌话里，这三个字有打情骂俏的味道，意思是“服了你了”。这么重的土话就是我们瑞昌人也难掌握，他却轻易说了。我毛骨悚然。

周琪源也说瑞昌话，只不过别扭，碰到不会说的就用普通话补过去。就像一些出过国的人，说着说着，话里冒出外语单词（比如“我有一个 idea”）。我觉得他在妥协，哪怕只是短暂的妥协。他穿着带绒毛肩的蓝黑色大衣，脸色白皙憔悴，打着哈欠，指着我的厚羽绒服说：“不错哦。”

“朋友送的，我买不起。”

然后像历史上的任何时刻一样，我们无话可说。他拿着红色账本，仍准备背诵英语单词。我微笑地看着他，但他不再像过去那样以同样的亲密回望我，他在躲闪。我想起出生地下沉村一间历史悠久的商店，八十年代初我姐与另一位当地姑娘在那站柜台，都很美。但是在姐姐将生意做到县城，并从一个批发商、小作坊业主变成超市经营者后，她仍旧在村里站柜台，过去卖火柴，现在卖打火机。最近一次回乡祭祖，我去买鞭炮，发现她已瘦得不成样子，皱纹满是，白发丛生。

她以一种疲乏的亲热说：“你是老柱啊？”

“是啊。”

“长这么大了。”

她仍在用当年的茶缸喝茶，喝一口，光线就暗了。她像时光之水里的桩子，周琪源也是。我凄惶地向他道别，听到他说：“还是你可以。”我转过身，看见他青蛙一般楚楚可怜、哀怨痴愣的眼神，那眼神既有无尽的渴望，也有无尽的绝望。他大概想和我手拉手、载歌载舞地走，却被一双坚决、无形的手推阻着胸脯。

“有事吗，琪源？”

“没事。”

他捂着鼻子走进办公楼。很久后，我都在想这谜一般的眼神，总觉得那是另一个我在看我。有时，我会想人生的可能性。因为偶然的旨意，我既可能成为生意人、赌棍、清贫的笔杆子、自杀者、车祸受害人，也可能去当温柔的爸爸或遥远地方的一个上门女婿。现在的我不过是所有的我之一。所有的我在所有的时空、所有的维度里一同出发（就像百米赛跑），最终开出完全不同的花朵。但最终成立的只有两个我：

一个是艾国柱，自由放荡、随波逐流、无君无父，受尽老天宠爱；

一个是周琪源，勤奋克己、卧薪尝胆、与人为善，胸藏血泪十斗。

我当不起他看着我时所泄露出的深义：我没有资格和你在一起。我觉得这是壮志难酬、黄钟长弃的悲伤，但多年后当我知道另一层隐情时，这眼神再度将我割伤。

8

我听到一些周琪源沉沦的消息，比如早已结婚、生子，后来还买了房。对多数人而言，这是水到渠成的事，但对一名理想主义者来说，它意味着辎重。他本在悬崖之壁爬行艰难，如今越滑越深。

他开始炒股、买基金，并升职为公安局政治处副主任。

他交上了一个坏朋友。

很长时间内我是他的隐秘朋友，与他竞争，但现在这个密友带他堕落。说起来这是可惜的事。在初中时，我们班成绩很好的学习委员被朋友带去打游戏，最终成为县城家电商场员工，而他的朋友则顶职去了油水单位；在距高考只有几个月的时间内，一名正义凛然、刻苦用功、只需正常发挥便可考取大学的女同学，谈了恋爱，最终落榜。而影响周琪源的这个人，超越一切丑陋与无耻。他像一条豺狗，毫无尊严、寡廉鲜耻、始终默然地跟在人后头，等待你犯错，只要你出现哪怕一点衰竭，他便凑近慢条斯理地舔你还活着的尸身。关于这种偏执，波兰作家维托尔德·贡布罗维奇也形容过，仅仅因为插队被呵斥，一个人针对检察官克雷考斯基进行了无休止的纠缠与折磨，直至后者陷入疯狂。

没人见过他，却都清楚他的存在。传说他穿白袍，走路不留脚印，像风一样尾随周琪源。每当周琪源以为已经摆脱他时，他又猛然闪出来。人们听到周琪源愤怒的呵斥声，以及越来越低沉的哀告。无论怎样，无论你诅咒还是讨好，这个坏人都等待在角落，静默地吃苹果。他咔哧咔哧，极有节奏，无休无止地吃一只怎么吃也吃不完的苹果，眼睛像棍子盯着地面。

人们争相劝周琪源——心态要健康，要抵抗，你不怕他，他就怕你，你一怕他，他就欺负你。可当他们闻到他身上那个坏人的味道时，便撤退了。说起来，人们都战不胜这坏朋友，摊到自己身上，说不定比周琪源还绝望。最终周琪源与他拥抱在一起，眼神有种绝望已久的空洞与平静。他喜欢将手搭在周琪源肩膀上，慵懒地行走，就像一个瞎子将手搭在一个不是瞎子的人肩膀上。有天，他将周琪源的鼻子狠狠揍了一通。周琪源开始咳嗽、驼背，遗忘单词，也不再写论文，偶尔兴致来了，只给报刊写写读者来信。

周琪源废了。以前就不怎么热闹，如今更寂寥，就像空掉的糖果盒放在橱柜上头，蒙了灰尘。直到有天周琪源悄然失踪，周围人才意识到什么，出现短暂骚动。但很快大家又觉得这是一件合理的事情。有次周琪源跑回来，试图看自己还能不能工作，被仁慈地拒绝。另一次跑回时（也是最后一次），他稀疏的眉毛、塌陷的鼻子、抖索的嘴唇以及起着疙瘩的皮肤上挂满霜，像吸过毒一样。他瘦得只剩一把骨头，颈上却套着巨大的颈托，也许颈椎被严重揍过。他取出一堆发票，焦灼地递给财会人员，试图马上兑换为钞票。仿佛这钱十万火急，晚一分钟就可能家破人亡。大家很清楚，他要钱是去填补那个坏朋友填不满的欲壑。

二〇〇九年七月八日，世上再无一人能联系到周琪源。一位警校同学、也是曾经的同事给我报信：周起源走了。名字拼错了。但并不重要。一个人不见了，就是不见了，他带来一阵空泛的唏嘘。我整天陷在头昏的折磨里，想找把左轮枪结束自己。

我对这事很冷漠。

我曾经跟人说，当我的爷爷辞世时，我罕见地冷静。仅仅为着表演出哀伤，我采取警校军训时学到的办法，撑大眼球，长久盯着一个物体看——这样，因为酸胀，眼泪就会啪嗒掉下来。我继续行走在北京的路上，越来越觉得世界光明，就像原有的光明还不够，往光明里又过滤出一层光明——美女胸部和腰部露出的皮肤、汽车漆过的车身、大楼的墙体甚至植物的叶面，都像冬阳照耀的白雪，放射出失真的光。当我在街道停下，好像看到自己与街面之间横亘着一层薄薄的水镜，我像是在镜湖中蹚着走。对比。有一天我想到这点。我意识到有人正永远地行走在漆黑的下水道，黑得不能再黑。

我变得愈加放荡，醒着时像睡觉，很少为具体的事激动。一天，在已上班三年的杂志社，一位兄弟被宣布解职。我像是一个和自己无关的人站起来，指责这种卸磨杀驴的行为极其猥琐，并痛骂空降下来的主编。他说："你也可以走了。"

我就走了。

坐在街头，我用了很久才搞清楚自己已离职。是啊，离开一个单位了。这并不重要。略感意外的是，一条命运轨迹也跟着掐断了。二十一岁时我在洪一乡的山野发恶誓，要去纽约，十二年过去，我竟然差点沿着洪一（乡）——瑞昌（县）——郑州（省城）——上海（直辖市）——广州（沿海）——北京（首都）的轨迹去了那地方。这家杂志是时代华纳集团旗下一本刊物的中文版，每年派人去纽约学习。他们买回 POLO 牌子的 T 恤或别的免税品。我已做到主笔，熬下去或许也有机会。现在老子被开了。可这样牵强附会地去兑现一段理想有意思吗？我准备点钱，不是随时可以跟旅行团去曼哈顿吗？

更重要的是，我再也感受不到内心的那种力了。我那蠢蠢欲动的柴油机早就锈迹斑斑、不堪运转。眼下的一切看起来还辉煌，还属于我，却早成记忆的沉渣。

若干个城市
若干家单位
若干间租住房
若干任女朋友
始终保持在一万元左右的存款
毫无意义的累加
生之疲乏

二〇一〇年六月，奶奶去世。我返回瑞昌，一直没怎么哭，好像是旁观一场别家的葬礼。直到姑妈指挥着子女抬着毛毯从桥那边走来，我才泪花滚动。我意识到奶奶死后，她留下的这支血脉将越飘越远。奶奶只生育一子一女，姑妈年近七十，爸爸六十五。爸爸初中毕业后游走乡野，画画、写诗、吹笛子，后娶妈妈，生三子二女。因为工资不能养活我们，开始做生意，在县城有两套房子。他曾打算去九江做生意，临行时英雄气短。一天，他从医院回家，洗热水澡，中风；姑妈没读书，姑父本是上门女婿，后举家迁至岳华村，生下大表姐二表姐三表姐四表姐五表姐六表姐，到第七个才是儿子，唤李新金，与我同年。往下再生，又是一个女儿。姑妈身形巨大，从不曾吃饱，儿子终于到省建设厅上班时，她可以放开大吃，却罹患直肠癌。现在，爸爸拖着一条萎缩的腿，蜷缩一只不能伸展的手掌，抱着灵牌，不时艰难作揖，姑妈则像革命烈士那样在风中让白发飘扬。他们认真地活，却是已站到死亡门槛。

不久会轮到我。

我们三代就像排着队去死亡。我们今天踩着的土地，底下都是原先有名姓现在遗失的死人，他们的骨头会在夏日被一群狗翻出来，叼着乱跑。生啊——渐至壮伟，渐至瘫瘫有须，渐至修髯如戟，渐至面苍黧，渐至发斑白，渐至两鬓如雪，渐至头童齿豁，渐至伛偻劳嗽，涕泪涎沫，秽不可近；死啊——渐至僵冷，渐至洪胀，渐至臭秽，渐至腐溃，渐至尸虫蠕动，渐至脏腑碎裂。血肉狼藉，作种种色，其面目渐至变貌，渐至变色，渐至变相如罗刹。生与死，不知所云，毫无含义。

葬礼结束后，我接过灵牌，沿原路返回，前边有人敲钹打锣。钹敲两下，锣打一下，然后寂静。铁，铁，噔。声音像蛇溜进山岗。我说："好累，以后将我葬回到岗上。"他们爽快地应了。就像我爽快地答应他们马上结婚一样。

9

二〇一一年，我每天下午起床，看光阴如巨轮缓沉。有时一天只喝一杯牛奶，融化不了的奶粉在杯底结成块。有时不刷牙。朋友说这是精神深渊。四月时，我对自己呼喊：你去寻找周琪源，就现在。

我将钥匙丢给睡在床上的女友，去了机场。从地图看，北京和南昌相距一千三百九十八公里，坐标平行，但这趟旅行却像是从上到下（君临）。拉我出昌北机场的司机是女的，过去做公务员，因超生去职，现在儿子快高考，想让他读警校。

“说不定你儿子的理想是去纽约。”

“纽约有什么好，离那么远。”

车经省府大院时，我有些心惊。站岗的武警站得笔直，棕黄的枪套像巨肾挂在腰外，而招牌上的每个字都有篮球大。也许这是周琪源理想的终点，也许公安部才是。

我在省肿瘤医院门口等候。这里只有两种人：一种是脚步匆匆、忧心忡忡的亲属；一种是行走缓慢、皮肤灰如草纸的病人，他们的脸瘦得只剩眼睛，直勾勾的，抬起时极其无力。医院旁边是一片水红的招牌，卖水果、鲜花和日用品，他们看见时想必已当作天边遥处的斜阳，心下在算还有多少日子。街道尽头有块蓝色牌匾，写着“寿衣花圈”四字。

我不知周琪源的父亲周水生为什么约定在这里见面。

不一会儿，他走过来。额头冒出的汗及脸上的表情在说明他想走得快，但是快不起来。“一般看不出来，但还是有些障碍。”他指指腿。他身高一米六，剑眉，戴眼镜，穿红色外套和黑色旅游鞋，有着黝黑的面孔以及与这肤色匹配的表情。我在想，是不是精神上的强悍最终也会加重这种肤色。他不容分说带我上出租车以及早早支付车费的举动，都让我熟悉。我记起来，他去过公安局，当他推开门，周琪源条件反射地站起来，颤巍巍地叫爸。

我们去了教育学院附属实验学校，大门比警校还宽阔气派，一块铜牌显示它是省重点。周琪源的儿子周正阳在小学部读四年级，一二年级时考满分，三四年级也保持在每门九十分以上，最近因为获评“三好学生”，奖了一套《十万个为什么》。铃响后，周水生站进潮水般往外涌的人群，一连叫出五六个孩子的名字，“看见周正阳没有？”

他们摇头。周水生等不及，走进纵横交错、被花丛隔挡的校道。我担心他会与孙子错过，但最终他捉住一伙小孩中的一个，“正阳。”

“爷爷。”

适才还翘着嘴笑的那个小孩，沉下脸来，眼神躲闪，颇为不安地回应。此后他一直低头跟着爷爷走，被提问时，简洁、明了地回答。吃饭时亦如此，叫吃什么，才会吃什么。很乖，眼睛像围棋子一般明亮。我很久没见过这么亮的眼睛了。

周水生帮我找到一间只有两层的小旅社，对服务员说都是老客户，因此要到很便宜的价。进房后他说这样的天气不需要空调，服务员又乖乖剔掉空调费。当房间只剩我一人时，一种空寂感捉紧我——所有旅社的床铺都很白，心里却觉得脏，墙壁像巨大的永远闭上的眼。我和这座城市完全不熟，虽然在这里上过三年学。和女友的通话也草草结束，我们像是要凑够三分钟，才勉力说了些话。我们总共才处了一天，不怎么记得名字。

不会有人来敲门。就像坐牢。没有声音输入，也不能输出，剥夺的是一个人交流的欲望与功能。有信仰的人也许好点，可以与上帝说说话，但我没有。我将行李倒腾于床上，洗了两次澡，然后拉屎。我双手抓水管，蹲在便池上，两股战战，面红耳赤，哼叫着。我想马桶是一项多么伟大的发明啊。可在出离县城之前，我不是一直习惯蹲坑吗？

傍晚吃饭时，顺手看报纸，说广场有位失去双臂的乞丐抽出手来点烟。我便走七八里路去那里，发现他还在卖唱，两袖空空，双手果然藏在衣服里。

第二天，我步行数百米，找到一个小区，被周水生领进他家。两室一厅，不足九十平，阳光越过窗户和阳台，照向一尘不染的红木地板。电视、茶几、沙发、立柜、餐桌规整地摆好（就像事先在地上画过线），没有任何奢侈品，却被擦得干干净净。我想到初恋情人家一台用绒布盖着的两尺宽收音机，立在房中间，让人感觉到萧条以及努力保持住的自尊。

周琪源的照片挂在壁橱一侧。书柜摆放着他曾看过的英文原版辞典、《现代英语活用会话词典》《水浒传》《二十四史》《求医不如求己》以及几本外国名著。在卧室墙角有一台喑哑的方正电脑，显示屏、主机、路由器以及蓝色的网线仍然连着，就像他还存在于此，正低声咳嗽。只有当他的父亲对我讲述时，他才成为一个疏离的对象。讲述使他遥远。

我在主妇黄武建脸上看到一切周琪源诞生的痕迹，桃花般的眼、高挺的鼻子、线条分明的嘴唇、细嫩的皮肤以及洁白而长的牙齿。

她烫头，穿牛仔裤，举手投足有一种深远的生根于大城市的气质。有时她会在丈夫的讲述中插进自己的看法，但并不坚持。

讲述整体还算平静。不过每当有触目惊心的细节冒出来，他们便像无声的抽水机，悲不自胜。好像周琪源也就是刚刚才离开。

10

你因何至此。四十年前，当退伍军人周水生循着广播声来到我们瑞昌县下巢湖，会想到自己步行二十余里回家去吃一只苹果的往事。当时，他整天待在南城县株良公社一间阴郁的铁匠铺内，机械地活着。很多人类的东西面临消失，包括上衣、洗澡的欲望以及少得可怜的文化——但他认得一切可以食用的东西。这将是他第一次看见苹果，他觉得早就见过。

“你们一人吃一口。”母亲在他回到县城那间糊着黄泥的矮屋后，对着他和另外两个兄弟说。他们等待的身躯爆发出难以遏制的颤动，但还是知道分寸。一只无法用菜刀切成三份的苹果，被恰到好处地分三次吃完。味道前所未有，又稍纵即逝。

苹果是艰难岁月难得的温存。

他听说，在老六——那个号啕大哭的弟弟只有一岁时，父母意外地温情起来，又是喂又是哄，然后像抱出门晒太阳一样，将他一路抱到六十里外的舅舅家。从此姓饶。这是给六弟的结论。母亲回来后甚至替别人喂养孩子，以换取食粮。他们也不讲孩子们的爷爷，一位拥有无数白花花大米的商人。后者在一九四二年试图通过日军防线，被刺杀。

靠我照顾你们终归有限。一九五九年，在搬运公司做推土工的父亲全身浮肿，像是要死了一样躺在床上。他吃多南瓜叶子了。想起这种东西周水生就会作呕。次年，十一岁的周水生便被送到铁匠铺。看起来会待很久——当钉锤钉下去，手自动抬起，然后又钉下去。一秒钟捶打一次，一分钟六十次——要捶打到一个庞大的数字后，才会得到一点食粮。有时觉得一天就过掉一生。

周水生也会想起三哥寄到铁匠铺的信。邮资免付，厚厚一层。三哥一定是穿过绿草如茵的营地，用干净的毛巾洗脸，然后回到桌前，用闪光的钢笔蘸好看的墨水，一笔一画认真地写。三哥已在部队提干。有一天他想起来故乡的铁匠兄弟，写信过来。

周水生时常觉得没什么可写，他只读过四年书。“你必须回信，这是一项任务”——当三哥的信再度到来时，他看到自己的信被一起寄回，上边充满对错别字的修订。靠这点积累，周水生在一九六八年入伍，服役于省军区司令部工程处汽车队。他积极参加文化补习班，终因根底浅，未能提干。

一九七一年，周水生退伍。此时六机部正在赣北实施二一四工程，需吸纳大批专家、大学毕业生、工程兵、工人。周水生分到位于瑞昌县下巢湖的六二一四厂。他踌躇满志，以一种国家人的身份走到四十年前我们瑞昌县的江边，看平整的荒野，以及插到很远的红旗——巨大的疆界已经画好——未来这里将矗立起一个占地和占湖均超百万平方米的船业帝国、一座没有任何历史沿革的城市。所有人吃国家的饭，领国家的工资，为国家工作。

因为做过卫生员，他被分到厂医院。不久，领导觉得一个皮肤黝黑、个子矮小的男人还是应该拿钳子而不是针筒。他被重新安排至交运大队汽车修理连，在那里他看见一位扎着两条短辫的姑娘。太阳照到她脸上，像照耀一堆白雪。

三年之后，一九七四年，作为汽车修理工的他和作为洗工的她举行婚礼。她的父亲买来蚊帐、枕头，送了一只樟木箱子，姐姐则留下五十元，而他什么也不能提供。在阿兰·德波顿的《爱情笔记》里，男主人公说："自我们降临凡尘，宇宙中就有一位伟大的神灵在微妙地改变我们的运行轨道，终使我们能于这一天邂逅。"我们似乎也可以这么来解释周水生与黄武建的际遇。一九六九年，黄武建在兄弟姐妹中被选中，下放至荆门县农村。按正常逻辑，她应该考取工农兵大学、返回原籍或者入籍当地。但她父亲，武昌造船厂运输科时任科长恰被指派到六二一四厂支援，按照政策可以解决一个子女进厂。她被召来。

武汉市姑娘 黄武建

↓

…………………………………………

↑

南城县青年 周水生

这就是他们的公式。

我们很少听说城市人与县里人联姻，市和县是不同的世界，天上地下，泾渭分明，不可逾越，同时充满绝望。但是三线厂提供了融合的可能。它像是城市委建到乡下的一座卫星城，对无数积极向上的小镇青年构成诱惑，也让不少城市人觉得尚可将就。最终很多人在这里不知不觉度过一生，混合、同化、通婚，演变为一种区别于世外的单独人种：厂矿人。

一九七五年，因工厂从基建转入生产，周水生无法照应，怀孕的黄武建坐船回到二百一十九公里外的武汉。这是她最后一次长久地待在家乡。在武泰闸武昌造船厂那间三十来平方米的宿舍里，生活着已经遥远的母亲和兄弟姐妹。同年五月二十四日，在武汉一家医院，她生下儿子。未及满月，便携子返回瑞昌。武汉在身后永远关上大门。而不久后当周水生将儿子送回南城县时，则有了衣锦还乡的意思。

“我儿子出生时有三千五百克。”今天的黄武建仍颇为娇弱，说话带武汉口音。

11

七十年代末，他们二度将孩子从南城县接回，取名周琪源。“琪”意为珍异，因为计划生育，他们只能有一个孩子；“源”意为饮水思源，虽然周水生的母亲摔断腿，父亲亦最终病逝，但孩子在故乡还是受到二哥、二嫂、八弟以及一些侄子侄女的细心照料。

这是个野孩子。他在南城老家因为躁动摔倒在柴禾上，划破嘴唇。在厂托儿所，他将拉尿的痰盂扣向别人脑袋，后来又和同学埋伏在坡后，将碎石棉瓦投掷到动力车间主任妻子头上——看到血时，他们像是快没命了那样跑。直到初一，他还忍受不住诱惑，和同学翻过高墙，溜进医院，试图得到一些废弃的针筒。

他面临一个课题：成为。

周水生负责“怎么成为”——这是他教育的核心，告诉孩子想什么，不想什么，做什么，不做什么。他是按照这种方法论成为一个国家职工的，因此觉得有必要灌输下去。在施予一只苹果时，他告诉对方在历史上它曾由三个兄弟平分；在添置一件衣服时，他告诉对方它应该穿多少年；在进行一次搀扶时，他告诉对方这是最后一次，一个人最终可以相信、挖掘、依托的只能是他自己。一个不懂得自我鞭策的人，最终会成为一个流浪汉、一个打铁匠或者一个濒临死亡的人。

“我没条件读书，你看我现在臭烘烘的；你不好好读，将来就麻烦了。”或者，“家里没有任何背景，也没什么钱。”或者，“只要努力做好自己，这世上就总会有识货的人。”

这是一种斯巴达式的教育。

很小时周琪源的脖子上便挂上钥匙，自己从小学回家，取出保温瓶内父母留下的午饭，吃完，然后做作业再去学校。他不敢违逆，因为有时原本应待在遥远处的周水生会悄无声息地坐在家中，掐着表等他。这样的突然袭击一直进行，直到周水生确信儿子完全听话。

一天，当周水生满身油污，疲倦地下班，发现儿子待在家不敢动。地上是不慎摔碎的保温瓶，米饭和碎玻璃混在一起。

“你吃了吗？”他焦急地问。

“没有。”

看得出儿子正准备挨揍，但他只留下一句话：“没吃就好，没吃是对的。”这让儿子多少有点奇怪。而儿子此后的表现也让父亲又喜又忧——每当有同学前来敲门，他便说：“就说我不在家。”或者在父母主动带他出门散步时，表现得毫无兴致。除开看《铁臂阿童木》，他从不打开电视机，即便是一个人在家。

他成为书呆子。

周水生觉得孩子这样下去也成问题，因此跑到学校（他从来没少去）专程找班主任，与对方协商：“从今，你尽量表扬他，让他建立自信，他有什么问题你告诉我，我来教育。”

周水生始终认为，自己做好什么，什么就会到来——具体到来的是什么不清楚，但它一定准时到来。这就是他全部的自负。他想让儿子当科学家，也曾尝试让他从理科跳到文科，但这都不能算是他坚持的东西。“成为什么”——这重大使命由一言不发的母亲完成。

她总是束手无策地看着周水生像老兵训练新兵那样训练年幼的儿子，等待在一旁，直到事情结束，才将委屈的儿子纳入怀中。她打开窗户，看长江之上喑哑而浩瀚的天空。她就像断了线的风筝，挂在永远的异乡。江水上游，千里之外，那花花世界有着钟楼和宽阔马路，人人穿皮鞋，喧哗而繁盛。周琪源很早便感受到这种流放的抑怨，此后他的肉身便在不停尝试离开这牢牢生根的客居地，抵达那原本属于他和母亲的地方。

他终生迷恋母亲做的两样菜，豆腐丸子和红心菜薹。这是武汉人的嗜好。他是两条不同河流交汇的结果，他是他们的继承人和综合体。

12

周水生仅仅凭借对自我的严苛约束，从一名汽车修理工变成轧钢场副场长、场长，基建处材料股股长。一九八七年下半年，基建处一名副处长调任房产处处长，第一个带去的便是周水生，职位是房产管理一股股长。一九九一年厂里实施分房，他做人变得艰难——每个人都很敏感，脸上随时准备着欣喜和愤怒两种表情。

四月的一个傍晚，他既困倦又满足地躺在家里，想：二十年了，我跋涉至此。而四个附近村庄的青年只用半小时不到便走到他家。他们有两人分别守住一楼和三楼楼梯，另两人则不停敲这间二楼房屋的铁门。当当当当，当当当当。声音让人惶恐，像乌鸦昭示着不幸，又让人不由自主地走向它，迎接它。

周琪源扔下作业，打开门。他们像塔，仰着头颅，俯视他，强烈的陌生人味道像风刮上脸，令他连退数步。“这是不是周水生的家？”还没等回答，他们便打了两拳。他大脑空白，瑟瑟发抖，直到父亲举着菜刀冲过来。他们跑得如此慌张，以至当守在三楼的都知道朝楼下跑时，一个人还在朝楼顶跑。周水生守住四楼楼梯口，将走投无路的对方喊下来，扣住裤带。一会儿楼下冲来一帮人，说："让我们带走。"

"为什么？"

"我们带他去保卫科。"

周水生看见有一个保卫科的人，便将人推过去，谁料他们一拥而上，夺下菜刀，将周水生结结实实揍了一顿。后来当周水生躺在医院，听说这四人是受雇于一名因工龄短而无法分到房的干部时（他对他们说"你们负责进去，我负责捞出来"），差点呕血。周琪源在病床前长久发呆，眼神直勾勾，脸就像火山到临前的地表，因为压抑不住愤怒而战栗。他极其认真地说："我一定不会让这帮人在这里猖狂。"

当事人受到处分，而周水生因病情需要至南昌复检。他将周琪源也带去，因为这孩子感觉鼻子像塞着棉球，呼吸不畅。而当他们走进耳鼻喉科，一个长达十九年的圈套也随之展开。取结果时，一位医生看看病历又看看他，说："是你儿子吗？"

"是。"

"可能有肿瘤。"

"什么？"

"我说可能有肿瘤。"

"怎么办？"

"去做深一步的检查。"

周水生像哑巴，嘴巴开开合合，充满询问的欲望，却说不出来。我们知道很多医生，穿白大褂，戴眼镜，上衣口袋插着体温计和钢笔，脖子上挂听诊器。他们很少有肥硕臃肿的身材，要么清癯要么略微发福，脸就像一只输液瓶，光滑、沉稳，处于零的状态。他们从不大喜大悲，甚至也不小喜小悲，对所有病患来说可能是一生中最重要的结论，对他们而言，只是无数数据中的一个。他们绝非薄情寡义，只因处在生老病死的风口浪尖，每天得经历三四宗甚至上十宗人间悲剧，已无心力再悲。

因为一直替死神发布消息，又一直代表无知病患与死神谈判，他们不知不觉有了法官的权力与威仪，随便展现出的一点表情（一个浅笑，或者拿手摸摸鼻尖），都会被病患从心理上无限放大。因此他们索性什么也不展露，像谜一样站在高处。

周水生在部队当过卫生员，现在那点知识与经验被完全吓跑了。他像呆鹅走回去，跟儿子说，事情不大。所幸在这个群体中还有六弟——他就是当年被父母送给舅舅的同胞兄弟，在那竹子有碗口大的乡村，他砍柴，去二十里外的集镇贩卖，后考中工农兵大学，入江西医学院，毕业后分配至南城县人民医院，现在已是江西医学院二附院一名医生。他拿着医学院病理教研室做的切片结果，说："他们怀疑是恶性肿瘤。"

他觉得这样会增加兄嫂的不安，又说："仅仅只是怀疑，还存在其他很多可能性。"不久，另一家医院检查显示，不排除只是息肉出问题。周水生如坠迷雾。可能、怀疑、不排除——这就是那些去死神宫殿探访的巫师，所带回的完全不同又模棱两可的答案。有时他真想喊：“我需要清晰的结论，给我结论。”可这有什么用。根据六弟的建议和安排，切片被送到省肿瘤医院——这是省内这个领域的最高权威（就像省高级人民法院，有权驳回、改判一些已经定性的案件）。他们一送呈，便守候在那，如坐针毡，走又怕走远了。他们不吃不喝，希望早些有结果，又害怕结果到来。

当医生的门打开，他们扑了进去。

对面的医生在一行行往下看，他们跟着一行行往下猜。医生嗯了几声，一直寻找着合适的词语，最终他看着这两只可怜的羔羊，清晰地说：“癌。”周水生像被狠敲一棍，意识尽丧，僵立住。说起这种父亲的悲伤我见过。二〇〇〇年当我站在县城人工湖岸边，曾看见一个溺毙两小时的孩童被打捞上来——在马路那头，他的父亲，一个中年男人，围着理发用的白袍，眼睛水汪汪，鼻涕挂了一脸，嘴巴无声地呼喊，张牙舞爪，像被飓风刮来刮去的醉汉，极其滑稽地奔跑，直到将自己绊倒，重重摔到地面。

不久周水生变回为那个理性而蛮横的人。他命令六弟，你是我弟，是周琪源六叔，无论如何必须帮忙。后者动用不轻易动用的关系，在挤满预判死刑者的肿瘤医院弄到一张珍贵的急救室加床。周琪源被安排放疗。他们隐瞒可怕的结论，时常不得不展露一些貌似轻松的表情。起先周琪源很乖，坚持学习，并在规定时间（晚十点）催促他们回去。他们借住在亲戚家地板，天热，洒点水就睡，泪流满面。

一天，周水生带着周琪源去做气功锻炼，中途上厕所，回来听到他说：“爸，你当时怎么不再生一个呢？”周水生心里咯噔一落，知道刚放在椅上的衣服被动了（里边藏着放疗卡片）。这几乎是世上最难藏的秘密。后来周琪源将买好的甲鱼汤残酷无情地倒洒在地上。

“源源，你怎么了？”

“不吃。”

“为什么不吃，孩儿啊，吃了对身体好。”

“知道我为什么倒吗？第一次吃了就跟你们说不要买，你们还买。这次不倒，你们一定还会买第三次。我们根本就不是吃这种东西的人家。”这十六岁的人愤怒地喊。

放疗数月，他们一家返回六二一四厂休整，准备日后再去化疗。周琪源的鼻子没有半点好转，这令周水生生疑。他和妻子两家几代都没人得癌。那些过去存在的推论——可能、怀疑、不排除——越来越强烈地烧灼他。他通过厂里熟人联系到我们瑞昌市粮食局一名司机，后者给在武汉医学院二附院病理教研室当主任教授的哥哥打电话。他答应看一下。周水生听说他是全国性权威。但是切片已入江西省肿瘤医院库房，按规定不能调取，周水生通过六弟想办法，几乎是盗，将三份切片取出。

在武汉，那教授说：“不是。”

“您再说一遍。”

“不是。”

会不会拿错切片了？他仔细看着那些证据上的三个字，那是他命名的三个字，一路念叨着，回到儿子身边，“周琪源。”

“怎么了，爸？”

“没事了，周琪源，什么事也没有了。”

他涕泪横流。儿子在研究和判断他表情的真假，最终确信，也流出眼泪，一边流一边像花一样笑开。他们一时觉得世上欢乐都不像现在这么多。就像站在苦难尽头，看见无边无际的冰川被太阳照射，已经消融、远去。就像天上在下密密麻麻的光明的雨。

只是坏死性息肉须切除。手术在六弟所在的江西医学院二附院进行。因为对麻醉药过敏，最终是在无麻醉情况下从鼻下进行的。周琪源一声不吭，主刀医生大赞其勇。手术结束后，周琪源说：“我的鼻子通了，我从来没这样舒服过。”他那仿若精雕细琢的鼻子未留明显疤痕，完好如初。未过多久，三个骨瘦如柴的人返回厂里。他们像取得巨大胜利，挨家挨户打招呼。后来他们意犹未尽，听从建议，准备将省肿瘤医院告到卫生厅，但很快偃旗息鼓。他们想到六弟会很难做人。重要的是判死刑的人终被释放。不论他是否无罪，是否冤屈，不论事情是否荒唐，重要的是已被释放。

13

因为这场意外，周琪源高一复读一年。就像是上帝让他等我一年。一九九四年秋，我们坐着不同的中巴车，在省警校会合。他毕业于六二一四厂子弟学校理科班，我毕业于瑞昌二中文科班。若干年后，当我拿着这张省专文凭去找工作时，人们既惊诧又鄙夷，我脸色微红，说："当时不太努力。"

而其实陪伴我终生的神经衰弱就来自高考前。我们是历史所牺牲的少数人。高一时我们接到通知，说高考考四门（语数外 + 自选科目），我选了地理。高二时政策更改，仍实施文理分科，考五门（语数外 + 政治历史，或物理化学）。最终我们高考的成绩被乘以一个系数，与考六门的复读生竞争——我听说文科这块，复读生多考的地理那年非常好考。最终，我们二中应届文科两个班只有四人过大专线。而次年，那些去复读的同学很多都考上重点和本科。我们是游得最快的精子，莫名其妙做了多年警察。

周琪源的分数是五百三十五。选择读警校，原因很多：周估分在五百二十左右，预测上不了本科线，而警校作为提前录取学校，是省专档最好选择；周的八叔在警校做老师，说过："若分数不高，可报考警校。"后来，本科分数线下降，周琪源可读本科，但父亲还是主张读警校。保险，铁饭碗。周水生认为，一九九一家里遭遇四个陌生人攻击，也是促使周琪源最终答应读警校的原因之一。他的班主任听说这个选择后长叹："搞这个太可惜了。你的正路一是进研究所，二是搞文字工作。"

一九九四夏，周琪源最后一次去外婆家。是搭厂里运输车去的，在湖北阳新两辆车停下吃饭，同搭车的一对父女充满憧憬，那女儿就要去武汉长居一段时间。随后车辆沿省道狂奔，在经过无数竹林、油菜花地和刷白漆的树木后，它像摩托艇，劈波斩浪，扎入海洋一样宽大的武汉。在那里，房子无限繁殖，没有边界，街道连着街道，公交车像蛆虫在巨大胎腹里蠕动。周琪源找到外婆家——外公已去世，一个舅舅和两个姨妈陪着外婆（另一个姨妈和舅舅则长居上海、汉中）。他们的话他每句都听得懂，却无法讲出来，他们审视他时，也带着城市人的怜惜与生分。渺小的母亲早就被清洗出来，没有任何痕迹。这座城市不记得她。

此后我们看见的便是一个隐秘人。他所在中队的中队长（相当于班级班主任）多年后的回忆极其简薄：烟酒不沾，从不打牌，也甚少参加聚会，二〇〇七年中队毕业十年聚会他没去。他的父母记得他从不要钱，问他要吗，他说不要。放假回家也是将自己锁起来。那时总有认识的女生来串门，他早早打好招呼，不要开门。后来她们中的一个凄婉地说："周琪源是不是好讨厌我？"他们跟儿子说："你回来一趟，多少也要见见人的。"

"我哪里有时间。"

他指着一大包从学校图书馆借回的书说。

而我们所见也只是他在沉默地吃饭、寄信、打水，就像一个完全不认识的人在替他吃饭、寄信、打水。他自己则在思考。冰山表面只这么多——他每天剩下的多数时间在干什么，是什么让他如此痴迷，像秘而不宣的谜。我是他隐秘的朋友，我知道他为什么体验不到或者不愿体验我们普罗大众所喜闻乐见的东西，就像我知道僧侣在面对嘲笑时为何不为所动。

警校毕业时，他遭遇滑铁卢。设想中的公安类学报或者媒体没有将他招走，拥有理论研究空间的省厅、市局也未曾留意他。我们原以为会在留校一事上助一臂之力的周家八叔，最终也无能为力。周水生的八弟出生于一九五九年，初中肄业后在南城县打石头，照应送回老家的周琪源（他们毕生的亲热开始于此），后下放至龙湖公社，从当地当兵，退伍分至南城县生资公司卖碗，不久考入公安局，最终调至警校。他在学校当摩托教练，有时也管后勤，搞房屋装修。一九九二年他曾赴海南下海，这导致他在学校的影响力更低。

一九九七年夏，周琪源和我们一起仓皇回到瑞昌。九月，我被分至洪一派出所，而在码头分局实习的他被通知，不能再来上班了。我们也没办法。很喜欢他文笔的领导表情尴尬，语气柔和。周琪源痴若木偶，许久才像个陌生人嗒丧而去。

周水生后来讲，他去找瑞昌市计委，一位主任说，按照今年大专生分配文件要求，周琪源不符合，他只能去六二一四厂，由厂里安排，事情就是这样，“你找谁都没用”。周琪源听闻，好像要瘫掉了。后来他通过八叔，查到由公安部、人事部联合发布的《关于做好全国警察院校毕业生分配工作的通知》，其中提到，各级公安、人事部门要“优先保证接收警察院校的毕业生”，“基本上按照哪来回哪去的原则”，而“不接收警察院校毕业生的地方，今后若干年内不予增加国家编制”。周琪源愤恨时想拿复印的文件去省政府门口静坐，最终写信至分管文教的副省长。一周后，计委通知周琪源前去报到，后其被分配至黄金派出所。

这件事加重了周琪源“我来自哪里、我是谁”的意识。

在我们瑞昌的土地上，这个本就格格不入的厂矿子弟从此更加孤僻，读书写作变成更深的依靠。几个曾被黄金派出所抓去的厂矿赌徒事后跟周水生说，你儿子真好，偷偷给我们每人买了几只包子。而在调入公安局后，也只有偶尔几个厂矿人才能敲开他的房门。

在靠南老楼二楼那间七八平方的杂物室，周琪源生活了数年。桌子和台灯是周水生从厂里送过去的，本来还要送电饭煲和煤气灶，怕给木地板建筑招来火灾，最终作罢，“他学习起来可是什么都不管。”

周琪源吃方便面、饼干，有时去小吃店或食堂买快餐，像虫子一样缓慢而坚决地啃书本，脸色越来苍白。有时身体实在不好，便去附近法院打乒乓球。他洗冷水澡——即使已结婚生子，很长一段时间内他仍住在这里——深夜，他独自穿越昏黄的走廊，去幽暗厕所方便，然后用冷水洗脸。这繁星点点时，正是这些民间科学家、哲学家、文学家起床的时间。无数孤艳的创造，像细嫩的芽，不停生长、缠绕、伸展、开放，发出神秘的低响。而我们酣然入睡。

14

“一个人总是要结婚的。”二〇〇〇年三月，在周琪源二十五岁时，他的父亲周水生说。他举出很多例子，占多数的走上幸福美满的道路，少数则成为鳏夫、怪人。

“我没说不结。”

“可到现在你连个恋爱也不谈，你都这么大了。”

“我还不算很大吧？”

这次周水生决心不再迁就——那些媒婆带来无数姑娘的信息，说是能匹配工作单位好、长得帅气的周琪源，这些拒绝也就罢了，这次相中的姑娘可是周水生自己留意很久的。他觉得她反应快，处事小心，能照应人，他儿子所需要的不就是一个能照应自己的女人吗？

她是分厂的技术员。一九九九年，因全厂实行房改，已是房产处处长的周水生感觉手下无法应付六千余户人口的数据统计工作，申请借调来十八人，她恰好在列。他了解到她家与分厂工会主席关系不错，便请主席安排相亲。

“我已经观察半年了。”在去主席家前，周水生说。

“好吧。”周琪源回答道。

那天带她去的是她的母亲。她皮肤白嫩，脸圆圆的，梳马尾辫，爱笑。而他一言不发。当所有大人都离开后，他显得更加不安。倒是她说：“我早就认识你。”

“什么时候？”

“六年前。”

“在什么地方？”

“当时厂里有两辆车开往武汉，我坐第一辆，去读船校。因为路远，中间停下在阳新吃路边店，我看见你从第二辆车走下来。”

归来后，周水生急切地问："怎么样？"周琪源沉吟再三，说："从表面上看我没有意见，就看人家怎么想。"周水生便打工会主席电话，对方说有希望。不久，她便在主席带领下来到周家做客。半年后他们订婚。二〇〇一年国庆节——这时我已借调到瑞昌市委组织部——他们悄然结婚，在码头镇摆了几桌酒。二〇〇二年七月二十五日中午，他们的儿子周正阳诞生，取意"如日中天"。每到周末，周琪源便从公安局返回厂里，与妻儿团聚。有时妻子也去公安局，帮着收拾打扫那间杂物房。

二〇〇三年，周家大事频仍。因厂里精简机构，基建处、房产处、总务处、液化气公司合并为物业管理公司，周水生担任经理；同时周水生在南昌北京东路一间小区买下一间不足九十平的房子，总价十五万，八弟借八万，从银行按揭七万；而周琪源有去读研究生的机会——也许只能用"久旱逢甘霖"或"苦尽甘来"来形容他当时的心情，但和过往很多例子一样，它带来无尽烦恼。去读的话，工作可能便难保证。周水生说："几可惜。"他就像我的父亲一样，我的父亲对我说："这里几好的工作条件，你就抛弃了？去做一个打工仔？"

"你读完还不是得找工作，现在有工作了，还去读干什么？你二十八了，读研究生两三年，出来都三十好几了，"周水生说，"你现在不单是一名父亲的儿子，也是一名儿子的父亲。"

周琪源终生极少违逆父亲的旨意。实际我们七十年代生的人都很少违逆，父子之间存在深刻而天然的秩序，父亲像是残暴而仁慈的君主，统治、安排、照应我们的一切。两者待在一起时，自有一种惴惴不安的礼节，时常不能像生人那样自然而然地沉默，也不能像夫妻那样毫无忌惮地取闹。所有语言都是命令与对命令的接受。二〇〇二年，我因为一个河南的电话离开家庭，我走得那么轻松，从来没想到父亲会连手也不伸出来拦一下，他只是像失势的狮王眼冒怒火，死死盯着地面。我就那样超越界线，从此无君无父，浪荡江湖。

这就是我和周琪源的不同。

我可以为诱惑粉身碎骨，抛家弃业。诱惑能击败我的责任，使我的父亲成为纸老虎；而一切细小的责任与命令却能管理住他宏大的理想。他没有和父亲再说什么，收起考研材料，塞进纸箱，从此不复过问。就是这时，那个隐秘的坏朋友——那个叫病魔或者死神的东西找上门来，捏着他的鼻子，拖着他悲惨地走。

二〇〇四年底，当我在北京永安路的夜宵摊与阿丁举着酒瓶豪饮开始做一个作家梦时，周琪源陷入到惶恐中，他的鼻子时常不明原因地流血。他想休息几天便好，可是症状却持续一个月，而且鼻腔不通气，脑袋也胀痛起来。他去医院检查，被宣判为“嗅神经母细胞瘤”。资料显示，这是一种罕见的神经源性恶性肿瘤，占所有鼻腔肿瘤的百分之三至六，自一九二四年Berger和Luc首次报道该病以来，至一九九七年全世界文献报道仅有一千余例，目前尚未形成规范化诊断及治疗办法。

周水生到今天也无法形容这种病。他更愿意采用另外检查时给出的一个说法：鼻咽癌。他认为这次病因诞生于一九九一年，那次手术也许不成功，在切除坏死性息肉后，也破坏了鼻腔黏膜，导致鼻屎结痂，时常抠得出血。这也许就是我在公安局办公室老看见周琪源用卫生纸擦拭鼻腔的缘故。

这件事带来比一九九一年更多的悲伤，但再没有破涕为笑的一刻。因为放疗，周琪源体重从六十五公斤锐减至四十五公斤，脸部发黑，而鼻子也在做手术时被严重破坏，像只肥肿的耳朵焊在脸上。他的妻子曾在手术前哭泣，但一切走向不可逆。一个美男消失，一个拒绝认为自己患癌的倔强人诞生，他总是说："你又不是医生，你又不懂。"

二〇〇四年，为着照应周琪源，周水生将在厂里的房子卖掉，通过瑞昌市房产局熟人介绍，以七万元的低价在瑞昌县城兵马垄买到一间三房两厅的二手房。一家都搬过来，周水生在他人生奋斗的舞台，在那船业帝国只剩下一床被子。因为房子很大，他们将一间小卧室改造为工作室，供周琪源写作用——但他已失其孤勇。他不敢再疯狂用脑，也不敢持续读书。总是得吃药和锻炼，一个念头刚刚开始便被中止。

二〇〇五年八月一日，经复查，周琪源病情告稳定。一位教授说："你还可以存活很长。"

15

二〇〇五年，江州造船厂（即六二一四厂）破产改制，变身为江州联合造船有限责任公司，五十六岁的周水生办理内退，退休工资五百余元。十一月二十六日上午，周水生出门找人修理地面，在商店，放着整排地板砖的货架突然倒塌，碎了一地。他张皇失措跑出来，赶至兵马垄的家，发现亲人已在楼下。他急切地问："源源你有事吗？"

"我人没事。"

"你莫上班。"

但儿子不久还是去了，直到第二天傍晚才回来。据说住在超市门口搭建的棚子。"吃饭吧。"周水生说。

"不吃了，昨晚没睡好。"

"你看你精神很差，今天就莫去。"

但周琪源还是扛着照相机、摄像机走了，整整一周泡在外边，鲜有落屋。这是发生在瑞昌的一场里氏五点七级地震，一度，在九江开发区至瑞昌的路上挤满人，县城也万人露宿。地震改变了很多，瑞昌有了一定知名度，国家领导人先后来视察，带领孩子唱歌的帐篷小学老师以后被任命为市招商局副局长，而市委书记也说："地震给瑞昌造成了重大经济损失，同时也给瑞昌今后的发展提供了无限商机。"地震带给周琪源的则是明显的消瘦和疲倦，他和很多同事一样，身体差了很多。周水生认为，他本来就有大病，这一下更伤筋动骨。

上一次，瑞昌人在室外集体聚集还要追溯至一九八九年，那时县城上空飘满红氢气球，人们在大街小巷挤来挤去，庆祝撤县建市。但是这个市至今也只管辖八乡八镇两街道，人口仅四十二点一万。县城历史最悠久的宾馆名叫苏亭，取意瑞昌八景之一“苏亭墨竹”，传说当年苏东坡涉足城西，置身竹林，心潮如涌，于石壁题记：“元丰甲子闰四月二十三日，眉山苏轼过此”。建市几年后，街上流出顺口溜：

瑞昌市不如瑞昌县
白天停水晚上停电
马路中间扎个篱笆
走路不方便

我曾在此挣扎五年，每见火车穿城便心如刀绞，而周琪源一直在等待。

二〇〇六年春，周水生办完交接，至南昌生活，一年后周琪源的儿子周正阳被接去，就读于南昌桃湖小学。周琪源将父亲介绍至自己常年供稿的《检察风云》杂志社，干办公室主任的活儿，负责接待——后来我想，周琪源其实有不少机会出离县城，但最终总是受困于亲情。当他顺利成为必须对上下辈负责的中年人，留给出走的其实只有一条路，便是来自上级的指令性调动——这意味着一荣俱荣，不像别的道路会带去牺牲和抛弃。二〇〇六年夏，周水生至八弟所在的白云驾校打工，协调安排学员培训。

二〇〇七年五月，夕阳落尽，我透过杂志社玻璃窗俯视车辆像哑子一样在街道奔跑，想着目前的一切并不重要，在一百年前以及一百年后，这里都会站一个忧郁的人，大家最终都会消失。我如此劝服自己，不要参与编辑部的斗争，不要为那点破事受伤。而周琪源在县城买了一只颈椎牵引器，开始自疗。那是一个类似天平的玩意儿，依托双肩支撑，戴在头顶。他的父亲得过骨质增生，曾在家自我牵引，他觉得脖子痛也是因为这个。

他宁可相信是这个。家人将三年前那场重病纳入考虑，忧心忡忡地催他去检查，但他总能证明这只是小事一桩，直到年底他忽然痛得在地上翻滚。

“你必须来南昌检查。”周水生在电话里说。

“没事，歇一阵就好。”

“你不要不当一回事。你可以不替自己负责，但总得对孩子和我负责。”

“要搞年终总结，我确实走不开。”

“不可以交给别人吗？”

“怎么交？”

他们为此发生争吵，最终儿子答应二〇〇八年一月二十八日去南昌检查。二十四日，周水生心急火燎，从驾校请假返回瑞昌，试图将儿子带走。

"你怎么这么不懂理？我不是答应二十八号去吗？"

"我怎么不懂理？你是我儿子，谁叫你是我儿子？现在，儿子，我求你还不行吗？我求你总可以吧？"

也就是这时，周水生看到儿子眼神里终生唯一一次的不屑。"我保准二十八号去还不行吗？"周琪源大声说。二十六日，仅仅为着应付父亲，周琪源去瑞昌市人民医院拍片子。两天后的早上八点半，周水生坐在开往白云驾校的公交车上，接到一个电话，忽然泪流满面。他大声说："别哭，哭也没用，我早说过，没病别惹病，有病别怕病，有病就治，千万不要悲伤，悲伤对病一点好处都没有。"

"已经完了，爸，"在电话里，他的儿子像小时挨打那样，在声嘶力竭，没完没了地抽泣，"已经转移得到处都是。"周水生猜测他是一路走到无人处才打这个电话的，现在既可能在楼宇的顶端，也可能在隆起于地面的铁路坝，因此说："源源，你今天就过来，你过来这儿，爸见不到你一刻也活不了。"

当天下午，大雪弥漫，周琪源已完全是个典型的重症病人，脸色苍白，身体发软，走不动路，几乎是被抬到车子座位上，去了火车站。稍有触碰，他便大声呻吟。医生说颈椎骨头被癌细胞吃完了，不能再坐颠簸的汽车，就是走路也要小心，否则颈椎断掉，会瘫痪。他被直接送进省肿瘤医院，已是这家医院肝肿瘤中心主任教授的六叔焦灼地拿过片子，将五哥周水生扯到一边大声斥责："这么严重，你们怎么就不管呢？"

大家面面相觑，看着周琪源被塞进病房。那些医生、护士像消防队员冲进来冲出去，紧急处置，不时又将他推到别的检查室。最终医生在焦灼的家属面前长叹一声，只剩三个月了。不久，八叔以家族亲人团聚过年的名义，在距医院很近的一家美食城组局，请来周琪源。我是后来通过周水生出示的几十张照片知道这场忧伤的聚会的——他们中一定有谁装得很开心，提议拍照留念，然后一呼百应，就拍了照。他们每个人都带着毫无痕迹的笑容，凑到周琪源身边合影。而戴着颈托，斜靠在沙发上的周琪源，脸已丑陋不堪，却还是露出惯有的笑容（下嘴唇兜着，上嘴唇不动，闪现着知识分子的矜持与真诚）。他看起来很放松，跷着二郎腿，双手插在大衣袖笼内。

他们是伟大的演员。

都在心如刀割地向对方提供假象。

四月份，周水生无心再在驾校工作，辞职专门到医院陪护；不久，周琪源的妻子也辞去在厂矿的工作，来南昌陪护；十月份，八叔的驾校也散伙，有更多时间来医院。而周琪源的身躯开始明显变瘦，就像每隔一段时间，它就萎缩一圈一样。他被放疗和化疗弄得不成样子。只有眼神，时常充盈着对人们的仰视与渴望，那就像是一双悲伤的羊的眼睛，或者一双悲伤的被隔离者的眼睛，我没有资格和你们待在一起，我感到羞耻，而窗外鲜花开放如此之盛，孩童的笑声像银铃蹿来蹿去。我们相隔遥远。护士和医生每次走过来都会说正在好转的话，他不再相信。

在这时常会爆发出家属痛哭声的地方，每个重症病人都在紧盯另一个重症病人的面孔，好像是为了在另一个世界很快称兄道弟。每当有一个床铺空掉，都会让病友深深坐进沉默中。那是无法劝解的沉默，不吃不喝，末日将至。就是在这样的时节，一辆轿车开进医院，一个个子高大、五六十岁、一看就很有威信的领导带着一名下属走进病房。他送了四百元钱，说："好好养病，很多工作还需要你做。"

这是周琪源梦中所期待遇见的人。

这个在省公安厅宣传处担任处长的男人将要上车离去时，转过身来，对周水生说："这个小伙子蛮有能力，本来我想动脑筋将他调到省厅的。"

16

周琪源一直活了很久，这和他拥有强烈的求生意志有关。化疗时人总是呕吐得厉害，但他强迫自己吃东西，始终保持一定的摄入量。他也会做力所能及的锻炼。七月，情况看起来还可以，他要求出院。家人劝阻，因为"反正是医保"，他说："是可以报销，但自己多多少少也要烧钱吧？你们现在有几个钱？"

他坚持回到在北京东路的家，每天从家里走两百米至社区医疗站注射。有次他还气势昂扬，戴着颈托骑电瓶车出门。待在家时，他看订阅的《南昌晚报》，也会一手撑着脖子，一手捉笔，咬牙切齿地写作。这段时间以及之前他参加了大量的征文活动，写了不少读者来信。我在网络搜到这些文字时，诧异不已，这些文章抵消的是一个论文写作者的尊严。他却深谙此道，每击必中。他获得过“我与熊猫的故事”“我读《网络妈妈》”“我心中的和谐家庭”“汾酒传情”“跨世纪相伴成长”等无数征文的奖项，甚至还参加过我家超市的广告语征集活动——有时他会署名周水生或黄武建。而在《医师报》发表的《迟到是因为心系生命》，则透露出一定的空洞，他写自己去复诊癌症，挂好号却空等，焦灼不堪，最终医生解释迟到是因为有生命要抢救。他呼吁社会对医生多些尊重和理解。

现在我知道，这几乎是他唯一赚钱的手段。这些征文因为附带广告要求，发表易，奖金高，见效快。他当然知道二〇〇四年后家里为他治病花费十三万元的事。他总是这样写着，写好了单指敲进电脑。他干一会儿喘一会儿，生不如死地呻吟，直到父亲最终拔掉电源。

他尽力使自己看起来一切正常，坚持要回瑞昌市公安局。最终周水生陪着他返回瑞昌。公安局此时已从老汽车站的临时办公地搬到市府旧楼，周琪源找到政治处，发现已无自己的位置。久别重逢，同事们一个个从座位站起来，不由自主走向他。他们的眼神充满怜惜和痛楚——他们和他早已抹平县城人与厂矿人的沟壑，现在大家都是孤苦的人类——面对他的要求，他们温柔地摇头：“让我们先养好身体，工作的事情先不要考虑。”

可能是自己也觉得没意思了，周琪源对父亲说：“我们还是回南昌吧。”

这样的好时光没维持多久。八月，周琪源头痛欲裂，至医院检查，发现癌细胞已转移至脑部。经过伽马刀手术，病情缓解数月，至二〇〇九年三月，又不行了，说话声音完全变调，沙哑吃力（这说明肺部正在失守）。家人要他住院，但他无比倔强。周水生急火攻心，却无能为力。一天傍晚五点钟，周水生照例骑自行车去买馒头，回来刚进家门，猛然呆住，馒头还提在手上。妻子黄武建扶他下楼，行至小区外的转盘，他尚且还有意识，说不能再走了，却是刚上出租车便昏倒过去。

高血压，中风，昏迷三天。一个月后，我的父亲也遭遇这灾难，当时他从医院归来，洗了个热水澡，便瘫倒——从此不复健步如飞。因为父亲中风，我忽然知道很多朋友的父亲得了脑血栓、脑梗塞、脑溢血、糖尿病、心脏病、癌症。有时我觉得这是我们所有父亲的遭遇。

周水生醒来时，眼前是戴着颈托、扶着床档、忧心忡忡站着的儿子。周水生口鼻歪斜，说一句话嘴角流一摊口水：“你不要来啊，你走不得。我不是因为你才中风的，我早就是高血压。”周琪源什么也没说，只是抽抽搭搭地哭。有几天他果然没来，等到他气喘吁吁、精神极差地再度出现时，周水生捶床痛哭：“儿子你要了我的命啊。”他愤怒地责怪妻子，“你们真糊涂啊，你们要了两条命啊。”

“我把票据拿回去报销了，”周琪源说，“我没事。”

周琪源是坐中午十一点的火车返回瑞昌的，下午三点到。他匆匆跑到江州造船厂，将父亲的医疗票据提交上去，又跑到几十里外的瑞昌县城，到公安局报销自己的。他这时脸色灰暗，灰中透着白，白里透着灰，身上散发阴气。他像孤魂野鬼飘到行管科，焦灼万分，就像这钱十万火急，晚一分钟就可能家破人亡。

周水生的入院费是三千元，此后每天花费一千，住院至第九天，他尝试让人扶着上厕所，感觉还行，便大呼出院。六弟观察很久，同意了。此后每天都有一名护士上门为周水生注射。

四月份，周琪源告急，被送入肿瘤医院，开始说些胡话——从此他再没出院，甚至连床也下不得，穿着尿不湿，大小便都在床上。大便仿若苦刑，每当此时，他牙关紧咬，目眦欲裂，整个面部显现出清晰的骷髅形状，一会儿便全身痉挛，昏死过去。家人紧紧抓着他的手，好久以后还能感觉那力道的凶狠。他开始失去肉脂，因为打多针，手足后来再无针眼可打。医院下病危通知单，像十二道金牌，一道比一道急，至后来便懒得下了。

一天，周琪源嘶嘶有声，父亲凑过去听。

“笔。”

“什么？”

“笔。”

“源源，我们暂时不写了，我们过段时间再写。”

“好，我们过段时间。”

出来后，周水生大为悲怆，一路嗐嗐地自语，到处乱走。肿瘤医院是间大而阔气的医院，天花板上挂着五十八盏大红灯笼，大厅摆八只巨型花盆，地面是光滑的瓷砖（每块都有一张小型餐桌那么大），里边排列着“入院登记”“入院缴费”“出院结算”“分诊服务”等六七个窗口，人们静默地排队。通往三楼的滚梯停运，因此路途阴黑，与天井玻璃所滤下的光明形成剧烈对比。在三楼，前头是鼻咽镜室、纤支镜室、眼科、细胞室，左侧是体检科，后边是一排候诊塑料椅，有指示牌指向心电图室，所有门都半开半掩着——走廊的右侧是一道银白的不锈钢栏杆，下边嵌有一米高的厚玻璃。周水生扶着栏杆，看见二楼左侧某处窗口下坐着一位白发苍苍的医生，正一边饮茶一边看报。楼下的声音像是从溶洞深处发出，在封闭型的建筑物内游来游去，偶尔有清晰的嘀嘀声从院外传来，到处是圣洁又可怖的气味。

周水生看到一大块光滑、平整的地面。它就像一位温柔的母亲，张开手臂，“跳啊，快跳，一了百了。”周水生双手战栗地抚摸着栏杆，他看了那白发苍苍的老医生一眼，他也看了他一眼，那眼神仿佛在说：“别玩这小孩子的游戏了。”我就是想死，我现在就是想死，我从来没有这样想死过。周水生悲不自胜，感觉坚硬的地面近在眼前。

周水生是我见过的最为强悍的男人之一，我父亲也是。说起强悍，我们总容易想到海明威笔下与大马林鱼战斗的老人，或者在战场上展示梯田一般腹肌的史泰龙，充满着津津乐道的英雄主义气息。但在中国，这项品质和荷尔蒙无关，它仅关系到活着。他们最终在上帝剥夺走大部分希望的情况下，依靠极小的条件最大限度地活着。二〇一一年当我见到中风病人周水生时，已经看不出他一条腿长一条腿短，以及嘴角歪斜的形状。他和正常人一样，只是在上楼梯时方显出一个老人的衰败与无能。

周水生没有自杀，最终他急切地走回病房——他的儿子正听着电视上的体育新闻，这是住院后他唯一留心的节目。我从来没听说这个文质彬彬的人谈及什么体育明星，也未见他主动参与什么体育活动（除开因身体不好去打乒乓球）。后来我想到电影里的一句话：体育就是民主。只有体育拥有着完全公平的规则，可以让王公与贫民、年老人与年轻人站在同一起跑线，凭借自身实力说话。而其他领域的竞争机制则不好平衡、量化。我牵强附会地想，也许他羡妒运动员，羡妒那只要球打得好便一定能进国家队的命运。

“源源，你有什么还没交代的？”周水生说，“我现在就去办。”

“没有。”

“你告诉我。”

“没有。”

周琪源什么也不说，眼神却始终挺着，凄苦而焦灼地看着天花板。按照医生判断，他早该死了，却是一直拖到现在。“你说啊，儿子。”周水生号啕大哭。但是周琪源只是轻轻摇头，仿佛那是一件无法完成的任务，说了白说，不如不说。

周水生以其毕生的智慧来猜这个谜语，最终想到两点：一、孙子周正阳目前就读的桃湖小学是村办小学，周琪源以前不放心，时常自己辅导；二、儿媳妇的户口还在江州造船厂，而他痛惜她。他一想到，便去办，就像他是儿子的儿子，要赶紧去执行遗命。

第一件事办得并不艰难，因为周水生的六弟、八弟常年在南昌工作，拥有一定人脉。起先联系的是南昌师范附小，因费用过高作罢，后来联系到江西教育学院附属实验学校，一次性交了四千元，转学成功。而第二件事却根本没办法入手。

他走到附近派出所，说："我想转个户口。"

"材料呢？"

"什么材料？"

"准迁证之类的。"

"没有。"

他好像看到他们脸上流露出的笑容——在这个年头还有人以为想转户口就能转的，要是这样，岂非人人都能转到北京去了？周水生闷闷不乐，根据民警指点，查了相关政策，发现条条道路不通，最接近的是买房落户，却是卡死在九十平方米这个杠杠上。他直接找到公安分局局长，拿出周琪源的警官证和病历，说："我儿子是警察，得鼻咽癌快死了，他儿子只有七岁，有公安血统，在南昌上学，需要人照顾，我想将他妈妈的户口迁到南昌来。"

对方看了看，说："我了解一下情况，你先回吧。"几天后，周水生又上门，因为中风未愈，只能坐在地上，局长将周水生扶到凳子上，端来茶，说："这事有点困难，你等通知，有希望的话我一定会叫人通知你的。”

周水生觉得挺没戏的——局长说的和民警说的差不多，无论周家的情况有多惨烈，现实有多困难，其操作的空间都有限。但是不久，派出所的人便打来电话，嗔怪道：“为什么这样的事你要惊动局长？”

“怎么了？”

“你赶紧和我去一趟局里。”

在分局，派出所写的报告被签字盖章，周水生拿到准迁证。他有些不敢相信，忽然涕泪横流，像老农民那样跪伏在地，给局长磕头。“我虽然是厂矿的，但也是正处级，这是我第一次因为求人跪倒在地。他太好了，我实在不知道怎样表达感激。”周水生后来跟我说。

办好这事，周水生心情振奋，打车回医院，“请直接往肿瘤医院开，请快点。”他命令司机。在病床前，他说：“正阳的学校落实了，你媳妇的户口也转到南昌来了。”

“很好。”

“终于都办成了。”

“很好。”

儿子的声音像从很远的地方传过来，含含糊糊，但眼神里的焦灼却仍未消除，反而显得更加凄苦和绝望。“源源，你放心，只要我活一天，我便好好照应正阳一天，我一定让他成才。”周水生补充道。周琪源试图抬起手，最终无力地垂下。

最后十天，周琪源食量骤降——过去他会强迫自己吃两个馒头，现在却充满厌倦。八叔来时，问：“你怎么样，好一些吗？”

“好一些。”

“我上午来，下午来，明天也来。”

“不要天天来。隔三岔五来就好。”

最后五天，周琪源处于半昏迷状态。

最后两天，完全昏迷。呼吸靠嘴巴张合实现。

最后一夜，氧气管一直插在鼻孔，嘴巴呼吸喀喀有声，至后来越来越弱。心电图最终于二○○九年七月八日清晨八时五分变成一条直线。护士焦灼地问：“拿一针吗？”医生说：“一针有什么用？快去拿两针。”抢救无效。周水生恳请做人工呼吸，他们说：“没有用的。”周水生因此昏厥。醒来时，他儿子已完全是一具小得不能再小的尸身，骨头像柴禾撑持着塌陷而透明的皮，全身到处留着针眼，手臂蜷曲，五指摊开，嘴巴张到极限，而眼睛睁着。他就像经历过剧烈挣扎，如今烧焦了——那个骑在他身上的坏朋友，那个任谁也逃脱不了的死神最终掐死了他。

他临终时的这个场景也让我想起吉列尔莫·马丁内斯小说《象棋少年》里描写的天才罗德勒：最后他举起双手，手掌张开，似乎在敲着某扇高悬于空中的大门，他用他已经属于另一个世界的声音喃喃低语：请给我开门，我是第一人。我想在最后一刻，武汉的门，省厅的门，巴黎的门，上流社会的门，全都听见他的呼喊。它们曾经听见青年司汤达的喊叫：“伟大的热情能战胜一切……一个人只要强烈、坚持不懈地追求，他就能达到目的。”如今，它们也应该听听周琪源的喊叫。

17

最终是县城的公安局抚恤了周琪源。住院期间，公安局筹募到五万余元，后来又捐了一万余元，并一次性补贴周家一笔钱（相当于周琪源生前十六个月工资），周琪源的儿子周正阳以后也将享受每月二百六十元的补助。他们问追悼会怎么开，周水生说已添了很多麻烦，不开。但他们坚持要开，费用他们出。追悼会在南昌岭上公墓殡仪馆举行，那天，公安局能出动的警力都来了——他们大清早出发，到达的时间比周家亲属都早。

我在北京接到一个过去同事的短信：周起源走了。错了一字。我心下一闪，好像看见一个人永远地沉入湖底。二〇一一年四月，我从北京飞到南昌，找到周琪源父亲。按照他的指点，我在肿瘤医院附近小巷找到福建千里香馄饨。大碗四元，中碗三元，小碗两元。芝麻和油水漂在汤上，喝起来烫嘴。我吃了一碗又一碗，试图从中揣测我那死去的同学住院期间为何一直迷恋这种小吃。最终一无所获。

周琪源留下的谜语时常让周水生痛苦。我翻阅周琪源留下的三个剪报本，统计出他发表有八百一十七篇报道（包括几十篇论文、外文报道）。周琪源在某篇文章里自述发表超过一千篇。这意味着从一九九九到二〇〇九这十年（包括二〇〇四、二〇〇八、二〇〇九三个住院较多的年份），他平均每年发表一百余篇，每三四天便有一篇发表。瑞昌市公安局的领导感叹，自从周琪源住院后，瑞昌市局的报道成绩便从九江市第一跌至倒数第二。

同时，他英语过六级，自考拿到南昌大学法律本科文凭，考中过研究生，有两枚“中华人民共和国公安部三等功奖章”及多张市县颁发的宣传先进个人证书。

我说：“他做这一切，只为着出走。”

周水生猛然一惊，痛哭不止。

后来我问：“剩下还有什么吗？”

周水生将我带到柜子前，比画着，说：“原本这里还有两米多厚的一堆作品和材料，我们看着实在难受，就叫收破烂的拖走了。”

图书在版编目（CIP）数据

春天 / 阿乙著 . — 成都 : 四川文艺出版社 ,
2018.8
ISBN 978-7-5411-4758-6

Ⅰ . ①春… Ⅱ . ①阿… Ⅲ . ①中篇小说－小说集－中国－当代 ②短篇小说－小说集－中国－当代 Ⅳ . ① I247.7

中国版本图书馆 CIP 数据核字 (2017) 第 222310 号

CHUN TIAN
春　天
阿乙　著

策划出品　青橙文化
策划监制　王二若雅
责任编辑　邓　敏　谭　黎
责任校对　汪　平
特约编辑　孙一圣　金　水

出版发行　四川文艺出版社（成都市槐树街 2 号）
网　　址　www.scwys.com
电　　话　028-86259287（发行部）　028-86259303（编辑部）
传　　真　028-86259306

邮购地址　成都市槐树街 2 号四川文艺出版社邮购部　610031
印　　刷　北京鑫海达印刷有限公司
成品尺寸　140mm×203mm　1/32
印　　张　8.5　　字　　数　180 千
版　　次　2018 年 8 月第一版　　印　　次　2018 年 8 月第一次印刷
书　　号　ISBN 978-7-5411-4758-6
定　　价　49.80 元